U0060907

JPC

藏在
地球裏的秘密

James Bruges 著
楊曉霞 譯

目錄

如何使用本書

如果你願意，可以淺嘗即止，一次只看一個問題。這本書的每一篇都很簡短扼要，卻能觸及問題的關鍵——儘管題材相當廣泛——目的就是要從情感和理智兩方面引起你的興趣。如果你想要深入地讀下去，儘管這本書所表達的觀點不一定能代表其他書的觀點，我們還是建議你能查閱更深一層探討這些問題的書籍。

再有一種更好的方法，就是試着分一次或兩次把整本書讀完，這樣，這些裝在你腦子裏的零散的觀點，就會形成一套完整而充分的理論。這正是本書的長處所在：我們不能孤立地看待這些發生在地球上的問題，它們彼此之間是互相關聯的。那就是為甚麼我們大膽地將有關經濟問題——經濟問題幾乎可以稱得上是所有問題中最不吸引的一個部分——的章節和諸如農業耕作、戰爭和平等其他方面的問題在本書中一起討論的原因——正如你將會看到的，這部分太重要了，絕對不可遺漏。

小小地球

我們唯一的家園

對人類未來的看法

歐洲人的客廳曾經滿是探險家從未知世界帶回來的手工藝品，但現在，再也沒有所謂的未開發地區了。從衛星照片可見，地球這顆有限星球，幾乎所有角落都印有人類的足跡。

科學和技術帶給人類巨大的利益。然而，在 20 世紀最後 30 年，人類活動已經將地球 1/3「自然資源」消耗掉，並可能正在造成氣候的紊亂。某種經濟制度成為主流，使整個世界的財富集中在為數不多的富豪手裏，不少人仍為赤貧所苦。

有人預言毀滅，認為我們縱使勉力支撐，卻已無能力維持這顆人滿為患的星球。他們預測今後 40 至 80 年間會發生大劫難，其中一些端倪已見於今日。雖然可怕的預言認定我們根本無法脱離現時的自殺性進程，但人類畢竟有適應環境的本能。

另外一些人較為樂觀，認為我們不會坐視危機不管。我們真的要繼續改變大氣的屬性嗎？我們真的要讓自然界衰變退化嗎？我們真的要允許私人公司坐擁食品和藥物成分的專利權嗎？我們真的會不斷完善一種使貧富懸殊惡化的經濟制度嗎？但是，許多政治家和主流經濟學家卻認為，在「現實世界」中，這一切不可避免。

數字在說話

赤貧人口正逐步減少。根據世界銀行的數據，發展中國家每日生活水平低於 1.25 美元的人口佔總人口比例，從 1990 年的 42.3%，下降至 2010 年的 20.9%，減少超過一半。

然而，不同地區的減貧進度有落差。在中國，每日生活水平低於 1.25 美元的人口佔總人口比例，由 1990 年的 60% 大幅減少至 2010 年的 12%；但在撒哈拉以南非洲（Sub-Saharan Africa），該比例從 1990 年到 2010 年僅下降 8%，由 56% 跌至 48%。

聯合國在 2000 年通過「千年發展目標」，其中一項是：至 2015 年，每日收入低於 1 美元的人口比例，較 1990 年減半。

▲ 1972 年由美國太空船阿波羅 17 號拍攝的地球景象（照片來源：美國太空總署）

新思想的抬頭

只有認清前進方向，我們才能徹底改變過時的思想傾向。不少壓力團體、科學家、經濟學家和立法者，都採取開明的態度，提出新的思想和見解，聯合國一些機構也正在思考這些新思想和新見解。獨立地研究每一學科的科學方法現時也面臨挑戰。科學家能否擴大想像空間，以便將所有生命形式之間的相互聯繫，都納入自己的研究範圍中呢？

新的思想和見解要求我們尊重自然界的多樣性，要求我們找到與其他生物共存而不損害牠們的方法。

新的思想和見解認為，主流的經濟制度雖令一些人感到滿意，長遠還是難以持續。因此，我們應對現時擁有的技術加以控制，取其好處，而非走入歧途，進行種種不可預測而又危險的實驗——正如核動力給人類造成的後果一樣。

新的思想和見解敦促立法者接受預防性原則，它展示了我們實現人類經濟穩定和可持續發展的方法。

新的思想和見解表明，我們可以發現文化的新價值，以及個人與社會實踐中更深層次的東西；新的思想和見解也表明了人類的精神、人類的文化，與我們的管理、我們的經濟彼此交織。

新的思想和見解反映了〈世界人權宣言〉（*The Universal Declaration of Human Rights*）提到的「所有人都是生而平等的，都享有同樣的尊嚴和權利」的理念——所有人都有權擁有一個有健康未來的潔淨星球。

仍在起步的新思想

儘管 1987 年世界環境及發展委員會發佈的《我們的共同未來》報告，確立了「可持續發展」的原則，但離真正實現仍有很大距離。不論是 2008 年從美國牽連全球的金融海嘯，還是 2011 年日本地震引發的福島核事故，都反映人類社會尚待擺脫昔日的發展框架。

鱈魚

我們這個時代的象徵

濫捕的哀歌

新英格蘭的近海海域，曾經有着盛產鱈魚的漁場。早於 1497 年，航海家卡伯特（John Cabot）遠渡北大西洋，發現大海中的鱈魚多得隨處可覓，消息在歐洲傳開，這些漁場開始為整個歐洲供貨。

但鱈魚經不起無休止的捕撈。鱈魚通常在海床的較淺水處活動，牠們的生命周期很長，4 歲才開始產卵，然而頻繁搜捕和拖網技術，令鱈魚難以成長到產卵的年齡。

情況一直持續到 1980 年代，這時候新英格蘭沿岸的漁民才認清近海拖網導致鱈魚消失的事實。美國政府更是直至 1992 年，在當地鱈魚面臨絕跡之際，才開展限撈的措施。最直接的結果是損害漁民的生計：他們很難再靠航海知識、捕魚技術和魚市場資訊維生。

消失了的鱈魚群或需一段時間才回來，首先因為沒有較大的鱈魚帶路，小鱈魚難再游到新英格蘭近海產卵；其次大西洋鱈魚銳減，打亂了生態平衡，例如毫無市場價值的北冰洋鱈魚遷入，並吃掉大西洋鱈魚的幼魚和卵。

及早回應往往是救亡的關鍵。1980 年代的挪威也面對相同危機，鱈魚數量急降，漁獲大減。挪威政府果斷禁捕，一度導致大批漁民和造船工人失業，幸而 3 年後鱈魚群數量大幅回升，令當地的漁業貿易得以保存。

數字在說話

在西北大西洋地區，大西洋鱈魚的漁獲量，自 1968 年高峰的逾 180 萬噸一直下滑，至 1989 年只剩下約 1/3。

▲ 在海中游弋的大西洋鱈魚（照片來源：Peter Edin from Edinburgh, Scotland/CC BY 4.0）

同病相憐：藍鰭吞拿魚

藍鰭吞拿魚分三大品種，但在國際自然保護聯盟瀕危物種紅色名錄內，南方藍鰭吞拿魚屬「嚴重瀕危」，大西洋藍鰭吞拿魚亦屬「瀕危」級別。由於濫捕，估計大西洋藍鰭吞拿魚的繁殖潛力，在過去 40 年下跌了一半；至於南方藍鰭吞拿魚，能夠生長至成熟產卵的魚，總重量於 1973 至 2009 年間下降逾 85%。

另類破壞：補貼與養殖

世界銀行指出，目前全球逾 75% 的海上漁場已經完全甚至過度開發，然而不少國家的政府仍然向國內的捕魚船隊提供巨額補貼，這削弱了國際配額制的效用。遵守配額的通常代價是，1/3 的漁獲會被扔回海裏（當中不少是死魚），留下來的只有市場價值較高的魚。

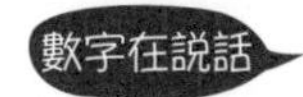

全球每年捕獲海產的價值約 900 億美元，但捕魚業獲得的補貼也超過 500 億美元——數字與每年因濫捕而導致的經濟損失相當。

總體而言，漁業資源的前景似乎愈發糟糕，變暖的海水減少某些品種的魚群數量，而河水帶來的化學物又滋長更多浮游生物，消耗水中氧氣，影響魚類生存。因此，海產養殖被視為解決問題的好方法，但當中也有問題——品種間的雜交，將一些缺損的基因傳給了野生魚；水產養殖場成為疾病的溫床；大量使用抗生素和殺蟲劑則會污染水域。

有時養殖魚也需用上大量野生魚作飼料，例如餵養 1 公斤養殖的大西洋鱈魚，需用上 5 公斤野生魚作飼料。魚多從秘魯這樣的國家運來，這表示養殖業正在分薄當地沿海漁民的主食，甚至威脅他們的生計。

現代的養殖方法不利持續經營。位於東亞地區的淡水蝦養殖場，最初 5 至 10 年的經濟效益可能非常好，但 10 年後就會因嚴重污染而不堪使用。養殖場大量生產只是短期圖利，而傳統養蝦方法帶來的可持續生產，則被荒廢。

加拿大紐芬蘭東部沿海的大西洋鱈魚上岸漁獲數量

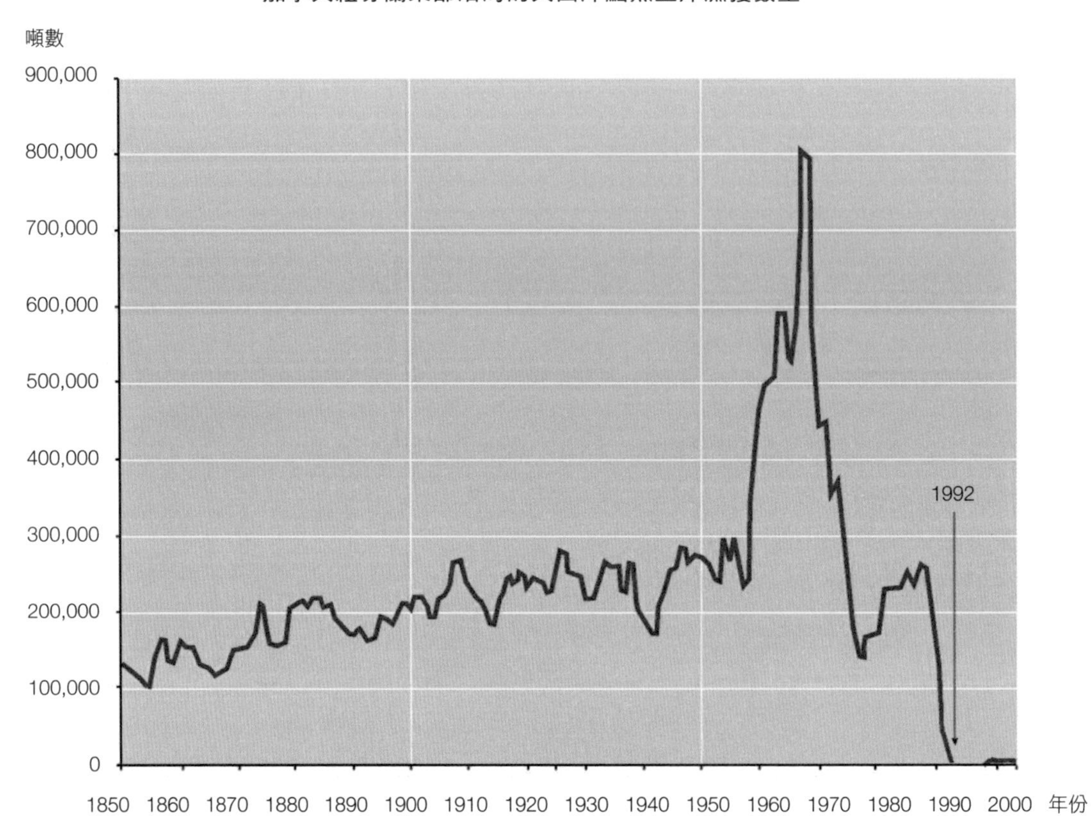

▲ 加拿大紐芬蘭東部沿海曾是大西洋鱈魚的重要產地。鱈魚捕獲量於 1950 年代起一度急升，自 1970 年代初迅速下滑。儘管加拿大於 1977 年將該處劃為專屬捕魚區，仍無法阻止鱈魚捕獲量急跌。至 1992 年，鱈魚幾近絕跡。（資料來源：Millennium Ecosystem Assessment）

鱈魚曾被稱為「改變整個世界的魚」，其瀕臨絕種正是對世人的警告。取締濫捕、偷捕等破壞生態的做法，在全球停止漁業補貼，鼓勵經營良好的養殖漁場為其海產出示合格證書，還有推廣「非捕魚區」等，是讓我們挽回希望的可行方向。

莫桑比克的蝦遭殃

2011 至 2012 年間，非洲國家莫桑比克的養蝦場飽受白點病疫症困擾，白點病毒在蝦類之間傳染性高，且能致死。

事後調查發現，在莫桑比克各個沿海省份的水域，幾乎都有白點病毒。疫情使莫桑比克養殖蝦的產量嚴重受挫，從 2010 年的 667 噸，急跌至 2012 年的 41.4 噸。依賴野生蝦苗（而牠們或帶有病毒）及缺乏監察機制，是引發疫情的誘因。

香港作為港口城市，居民對海產有極大的需求。根據聯合國糧食及農業組織（UNFAO）的數據，2007 年香港人均消耗 64.4 公斤的海鮮，位居亞洲第二。目前香港有兩大保護魚類的措施，一是遵守中國政府設立的休漁期，於每年年中禁止漁船前往南中國海水域捕魚；二是禁止漁船在香港水域拖網捕魚，有關法例於 2013 年 1 月生效。有利海洋生物繁殖的安定環境，對於維持魚群十分重要，世界自然基金會（WWF）香港分會便建議將本港 10% 水域劃為「禁捕區」——現時本港只有不足 0.5% 的水域，被劃為禁捕的海岸保護區。

但漁民未必支持此構思，禁止拖網捕魚已使他們的生計大受影響：拖網捕魚佔捕撈漁業總產量逾 80%。整體而言，香港本土漁業漸走下坡，根據漁農自然護理署的資料，捕撈與海魚養殖的產量，在 2001 年佔本港海鮮食用量 31%，至 2011 年已下跌至 25%，其中海魚養殖的產量更從 2001 年的 2,470 公噸，急跌至 2011 年的 1,185 公噸，儘管養魚區的數目及佔地面積沒有變化。

城市發展是漁民與魚類的共同天敵。回顧過去，為了闢地興建迪士尼主題公園，政府於 2000 年開始在大嶼山竹篙灣填海，當時鄰近竹篙灣及陰澳（作為卸泥區）的馬灣養魚區的漁民，多次向政府投訴魚排有大量魚隻死亡。土木工程署堅稱魚隻由於疾病而死亡，與填海無關，唯 2002 年政府發表獨立顧問的調查報告，證實最少三種魚的死亡由工程引致。其實，填海涉及的挖泥和卸泥工程，會攪動海床的污泥，增加水中的懸浮物，令部分魚類窒息致死，污泥釋出的重金屬及細菌也會使水質變差，影響魚類健康。

▲ 位於南丫島的海魚養殖場

不要作出預測！

只需依照計劃行事

臆測不如行動

1895 年，著名物理學家開爾文勳爵（Lord Kelvin）斷言：「比空氣重的飛行器是不可能的。」1943 年，國際商業機器公司（IBM）總經理湯瑪斯·華生（Thomas Watson）說：「也許整個世界只有五台電腦的市場。」不少科學家預言核電會非常便宜，而石油將在 20 世紀 90 年代出現短缺——事實卻是，今日我們開採的石油，比以往都要多。

我們甚至淡然認為，屆石油耗盡之時，自然有別的替代品出現，實在不必節制使用石油。預測以及預測的錯誤，只會產生誤解和得出錯誤結論。所以，與其猜想未來，不如注視過去與現在，回想我們真正知道的道理：我們必須按照自然界的既定法則來生活。

可持續發展四原則

地球資源有限，我們今天耗盡的一切，將置我們的子孫後代於萬劫不復之地——因此我們不會對資源耗盡的問題取態曖昧。以下四條可持續發展的原則，我們應予以重視：

· 我們從地下挖掘、提煉和使用的化石燃料及有毒礦物，最終都會降解在自然環境裏。因此，我們開採和使用的礦物資源，不應超過自然界能吸納、淨化的數量，避免污染累積。

▸ 人類很久以前已在開發化石燃料。圖為 19 世紀 70 年代的採煤情況。

・我們生活在一個經過 40 億年演化、處於平衡狀態的生態圈內。若我們引入新的、穩定的且作用持續的，並與此平衡狀態不相容的物質和生物，必然使生態圈發生問題。我們絕不能允許這些人為因素繼續增加。

・地球的植物群、降水量以及生物多樣性，組成了一個緊密聯繫的自然循環，維持了大氣層的穩定，保證了生命的存續。此一循環不可削弱。

・佔世界人口 80% 的窮人，並未能分享繁榮與財富，故他們決不會在明顯不公平的協議上簽字。我們必須明白，世上每個人都需要從自然界中平等地獲益。

如果人類的行為與上述四條原則中的任何一條有衝突，該種行為應當放棄。所謂可持續發展，應依循自然界的法則，而非人類自定的規條，這是絕不能含糊、妥協的。

發展金融非王道

金融界的人對金融發展的揣測，不下於科學家對自然界的推論。而且這邊的預言有可能成真，因為在市場經濟下，參與市場的行為能對市場造成影響。只是，在美國政府先後拯救貝爾斯登（Bear Stearns，美國投資銀行及證券交易公司）、房利美（Fannie Mae，美國政府贊助的房屋抵押貸款企業）和房地美（Freddie Mae，性質與

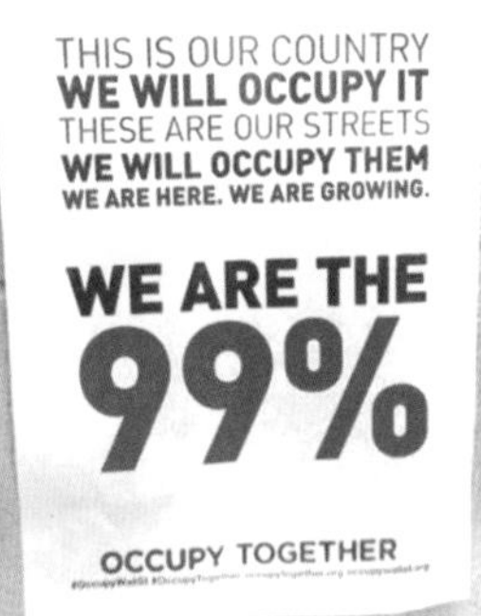

▲ 金融海嘯後，不少美國人對於政府大力拯救華爾街金融機構，而無法減輕基層生活負擔感到不滿。2011 年 9 月展開的「佔領華爾街」運動代表此種怨忿的爆發。（照片來源：Mike Fleshman from Brooklyn, US/CC BY-SA 4.0）

▸ 「我們是 99%」乃「佔領華爾街」運動的一大口號

金融海嘯波及香港

金融海嘯令銀行收緊信貸，使眾多企業出現資金困難，進而倒閉。銀行貸款多遍及海外機構，故上述影響牽連全球。在香港，老牌企業泰林電器和 U-Right 服裝集團，都在 2008 年 10 月結業。

香港富豪的帳面資產也有所「蒸發」——但真正感到徬徨的是購入了「雷曼迷債」的個人投資者，他們多不了解那是衍生金融產品。雷曼兄弟破產，使原值逾 120 億港元的「雷曼迷債」變成廢紙，購入此產品的投資者要求零售銀行就誤導、不正當的銷售手法負責。

房利美相若）後，拒絕向雷曼兄弟（Lehman Brothers，國際金融機構及投資銀行）施援，出乎不少投資者的意料。然後，我們看到按揭證券化的做法，如何將對衍生產品毫無認識的平民拖進危機之中。

商人和投資者都希望準確預測未來，財經刊物每天也努力地給他們支援。但是，只要好好了解時下的金融制度，就能發現其不公正和不穩定的本質，只有那些神秘莫測的專家能獲取既得利益。正如在美國，一眾銀行高層本應認真看待次級按揭衍生產品的風險，但在金融海嘯爆發後，他們仍獲發巨額花紅，漠視銀行回復穩健全因接受了政府注資——而資金來自納稅人。

金融海嘯後，各國不是經濟復甦緩慢，就是加強規管以防範增長帶來的風險，無人再能斷言未來的發展。但有一點很明顯，如果不改變現行的經濟模式，不保護生態系統，讓社會朝着平等和穩定的方向發展，我們終將陷入困境。

數字在說話

金融海嘯導致全球國內生產總值（GDP）自 1961 年首次出現負增長。2009 年，全球國內生產總值負增長達 -2.1%。

臭氧層

一線希望

生命的屏障

如果平流層中沒有臭氧，地球上的生命難復存在。因為在平流層中，臭氧會擴散為一層 20 英里厚的氣體，為我們阻擋太陽紫外線的輻射（UV-B）。

20 世紀 70 年代，科學家一度擔心 50 年後臭氧層的厚度會減少 3%，而在 80 年代晚期，這一擔心便真的發生了！更糟糕的是，1996 年在南極洲上空發現的臭氧層穿洞，其大小相當於美國國土面積的 3 倍。

由於過量紫外線輻射會影響自然環境和人體健康，因此臭氧層問題備受公眾關注。其實，過量紫外線輻射不僅會誘發皮膚癌，還會降低人體對愛滋病、肺結核和皰疹的抵抗力，以及損害眼睛，引起白內障甚至失明。

紫外線輻射過強也會破壞生態。海中浮游生物承受不了過強的紫外線而死亡，既會減少魚類的食物，影響其繁殖，也會減慢自然界吸收空氣中二氧化碳的速度和幅度——浮游生物吸收二氧化碳的作用，比樹木還要大。太強的紫外線輻射也會妨礙陸上農作物生長，甚至引發植物的基因突變，阻斷它們的進化和繁殖力，進而影響整條食物鏈。

數字在説話

根據美國太空總署（NASA）統計，臭氧洞每年的平均尺寸，於 1979 年為 0.1 百萬平方公里。1996 年時，數字已增加至 22.7 百萬平方公里。至現時為止，2006 年為臭氧洞平均面積最大的一年，達 26.6 百萬平方公里。

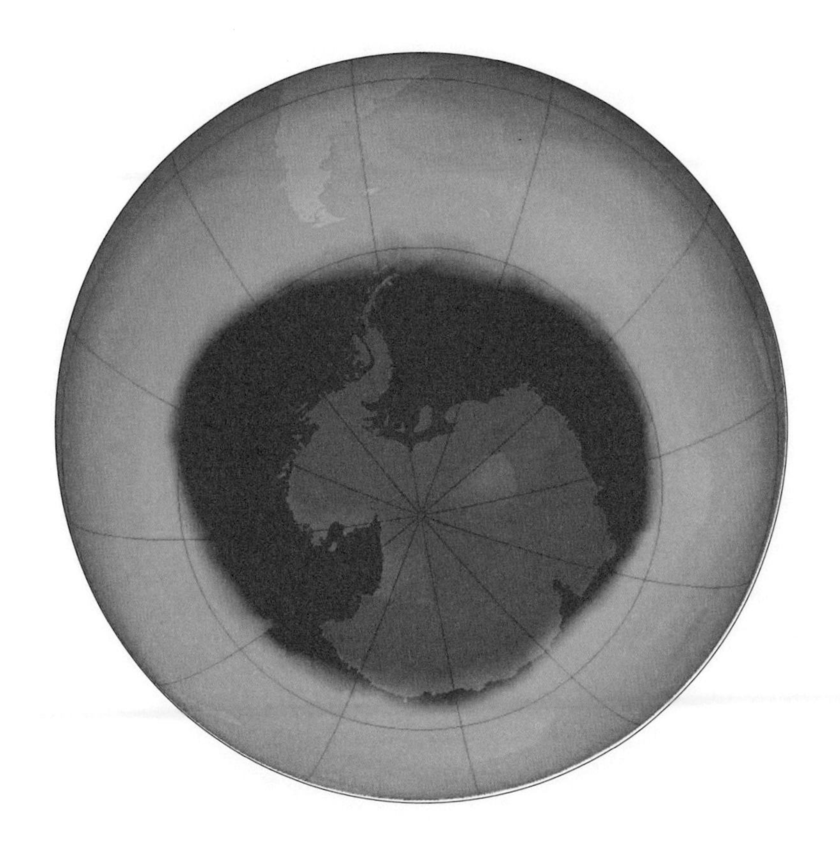

▲ 2008 年 9 月 12 日，臭氧洞（中間深色部分）達到當年單日最大面積，超過 27 百萬平方公里。美國太空總署自 1970 年代起經衛星監察臭氧層狀況。（照片來源：美國太空總署）

主要元兇：氟氯碳化物

臭氧層被破壞的真正罪魁，是氟氯碳化物（CFCs），這是一種人造化學物質。氟氯碳化物無毒、無味、不易燃的特性，使其被廣泛用於推進劑、製冷劑、絕緣材料、去污劑及包裝物料中，人們起初認為它沒有危險，因而毫無限制地使用。

可是，自然界本不存在此一極為穩定的氣體，氟氯碳化物的廣泛使用最終產生問題。當氟氯碳化物分子在高層大氣中遭遇強烈紫外線時，便會分解，並釋放可侵蝕臭氧層的氯原子。單個氯原子能破壞數千個臭氧分子，即使阻止氟氯碳化物排放，這一化學反應仍可持續數十年。

保護臭氧層的努力

1987 年達成的〈蒙特利爾協議〉（*The Montreal Protocal*）要求所有工業化國家停止生產氟氯碳化物，並禁止交易含氟氯碳化物的產品。其實，在科學家承認問題確實存在之前，協議已在「預防性原則」的基礎上達成了。

具體的控制措施是這樣的：締約國將受管制物質的生產量和消耗量凍結（freeze）在某一水平，然後設定完全取締受管制物質的期限。在期限前分階段定立目標，按某個百分比，逐步減少受管制物

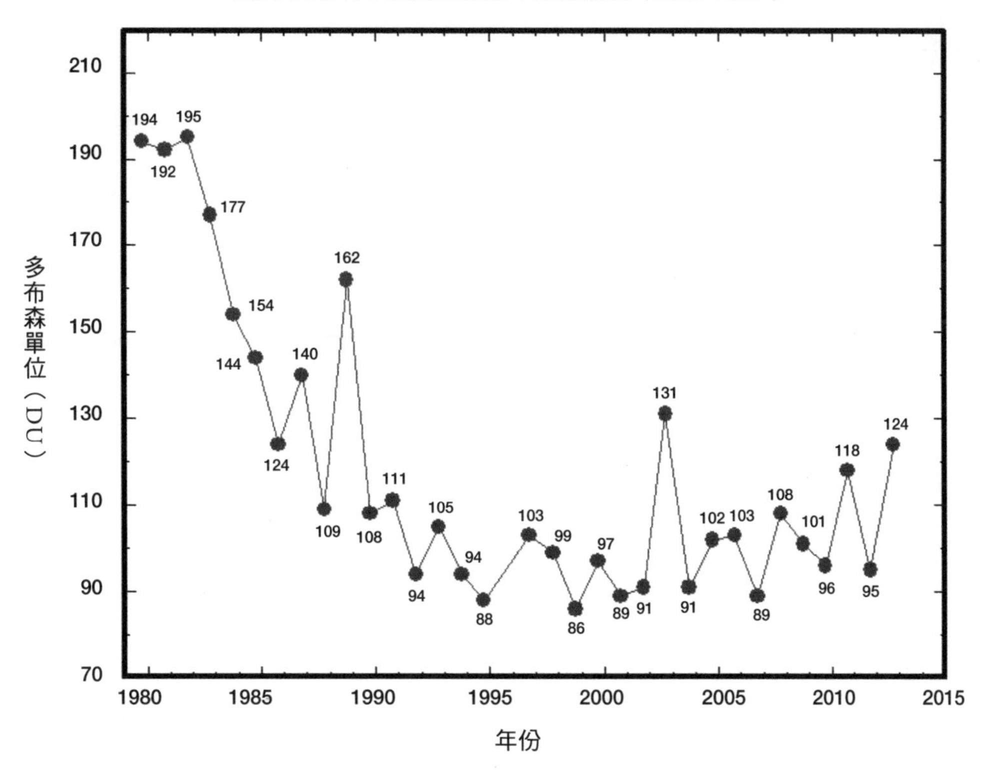

▲ 地球臭氧層平均濃度約為 300 多布森單位（DU）。臭氧洞的位置處於南緯 60 至 90 度，1980 年以前，低於 200DU 的情況罕見；至近年，徘徊 100DU 已成常態。（資料來源：美國太空總署）

質的生產量和消耗量。

為了顧及已發展國家與發展中國家的差異，〈蒙特利爾協議〉第 5 條規定，若發展中國家在協議生效後 10 年內（1989 至 1999 年），對受管制物質的消費量低於某一水平，則控制措施可暫緩 10 年，以滿足國內需要。這類發展中國家又被稱為「第 5 條締約方」（Article 5 parties）。

〈蒙特利爾協議〉可能是迄今最成功的國際協議，臭氧層回復舊觀指日可待。其實，在過去 20 多年，全球臭氧總量有所增加，每年平均總量則預計於 2040 至 2080 年重回 1960 年的水平。

數字在說話

國際棄用氟氯碳化物的成效顯著。聯合國環境規劃署（UNEP）的數據顯示，全球氟氯碳化物的產量，按耗氧潛能公噸（ODP tonnes）計，從 1986 年約 107 萬，下降至 2004 年約 7 萬；消耗量則從 1986 年約 108 萬，下降至 2004 年 6.4 萬。

水

淡水正在耗盡

地下水資源前景黯淡

當飛機經過美國西部各州大草原的上空，你可以從機上看到地面嵌有許多深色的環狀物，它們全是直徑大約半英里的耕地，靠旋轉桿從一口深井汲水灌溉。當地也是全球小麥產量最高的地區，為不斷增長的人口提供糧食，是農業現代化的奇跡之一。

在大草原之下，就是地下水蘊藏量冠絕全球的砂石含水層。冰河時期晚期，冰川融化後的水滲入砂石中，化作地下水資源。20 世紀 20 年代起，這些砂石含水層陸續被發現，60 年代人們開始汲取地下水使用。現時每年汲取的地下水量約為 4 至 6 英尺，唯經自然界返回地表的水量卻只有半英尺。地下水還能使用多久？誰也不知道。

農場的主人深信，產糧區對美國十分重要，倘地下水耗盡，政府也會向當地大規模引水，滿足灌溉需要，比方説修建人工水道，將密西西比河的水引過來。因此，農場主人未有刻意節水，其結果是 20 世紀 30 年代曾肆虐該區的乾旱和沙塵暴，或會捲土重來。

世界上大多數淡水存在於砂石含水層，全球 1/4 人口靠飲用這些淡水為生。然而，全球砂石含水層的淡水資源正面臨枯竭。更糟的是，農業使用的化肥亞硝酸鹽，有 60% 會殘留於土壤，並逐漸滲入地下水中，與其他污染物

數字在說話

人類汲取地下水的數量，在過去 50 年間增長最少 3 倍，並繼續以每年 1% 至 2% 的幅度增加。現時，近半的飲用水以及約 43% 的灌溉用水都來自地下水。據聯合國估計，在 2010 年，全球地下水汲取量約為 986 立方公里，其中以印度（251 立方公里）、中國及美國（各 112 立方公里）取用地下水最多。

數字在說話

有專家曾研究美國砂石含水層的地下水流失情況。據推算，在 20 世紀，美國地下水流失量約為 700 至 800 立方公里。踏入 21 世紀，情況未見改善，僅在美國中西部的高地平原（high plains），於 2000 至 2007 年，平均每年便流失 12.4 立方公里的地下水。

▲ 佛羅里達蓄水層（Floridan aquifer）是世界上水量最豐的砂石含水層之一，面積大約 10 萬平方英里，為不少大城市提供水源，包括喬治亞州的薩凡納及佛羅里達州的奧蘭多。（資料來源：美國地質調查局）

合流（如水管滲漏出的污水、燃料箱流出石化製品）。在中國，大量砂石含水層被亞硝酸鹽污染，英國則有部分地下水含有致癌物苯。

關於築壩的殘酷事實

大壩蓄水是灌溉用水的另一來源。在美國，大壩乃運用聯邦資金修建，但農場主人幾乎是免費取用大壩的蓄水，這無形中助長大規模的浪費。20 世紀 80 年代早期，美國終止建造大壩之前，總共興建過 80,000 座大壩，覆蓋國內每條河流。雖然當中不少都有正面功用，但大壩使用期有限，一旦遭受泥沙堵塞，也就壽終正寢。

大壩也將印度引入歧途。印度人以建設水壩，代替並破壞幾個世紀以來一直使用的堤岸、溝渠和「儲水池」等蓄水法。薩達薩岩瓦（Sardar Sarovar）水壩，位於經常發生地震的古吉拉特邦一條滿是泥沙的河流上，已經開始斷裂；而在同一條河流上游，於 1990 年竣工的巴吉（Bargi）水壩，能為 8,000 公頃農田提供灌溉用水，代價是：27,000 公頃農地遭淹沒，115,000 名居民被迫遷走。

若土壤中有一層不滲水的底土層，則灌溉農田的水不會太快流失，而鹽分會在植物根部積聚。倘土壤中的水分流失，鹽就會跟隨水分流到河水中去。在河道上築壩蓄水，河水更易蒸發，進一步增加水中鹽分的濃度。1973 年，從美國邊界流入墨西哥的科羅拉多河河水，其鹽分濃度之高足以殺死植物。

◂ 加納的阿科松博壩（Akosombo Dam），於1960年代落成，位處沃爾特河（Volta River）。由於大壩阻攔，大部分沉積物未能沖往河口，導致該國與鄰國多哥和貝寧面臨海岸侵蝕，需起動工程保護海岸線。（照片來源：ZSM/CC BY-SA 3.0）

我們對水的依賴一如空氣，但我們對水資源的認識卻很卑微——無論是世界人口缺水的情況、水資源污染的程度、淨化水資源的成本，以及誰該為種種水資源問題負責。唯一肯定的是，水資源危機絕對是人為所致。

四川：濫建水壩禍害深

河流多，地勢高低落差大，中國四川省發展水電的條件優越。2000年以後，「西部大開發」政策使四川水壩林立，單在該省西北部，大小水壩超過3,000座，部分建成20年以上。

濫建水壩對生態的損害無法彌補。大渡河的支流瓦斯溝（大渡河是四川主要河流岷江的最大支流）曾是激流，因上游築壩、建水電站而乾涸。引水式水電站須將河水引進山中開挖的引水隧道，改變了河流的天然形態。

都江堰市與汶川縣交界的紫坪鋪水壩，位處龍門山地震帶，壩高156米，可儲水11億立方米。有專家認為，如此規模且建於地震帶的水壩，極可能是2008年四川8級大地震的誘因。紫坪鋪水電站落成前，龍門山地震帶從未發生過7級以上的地震。

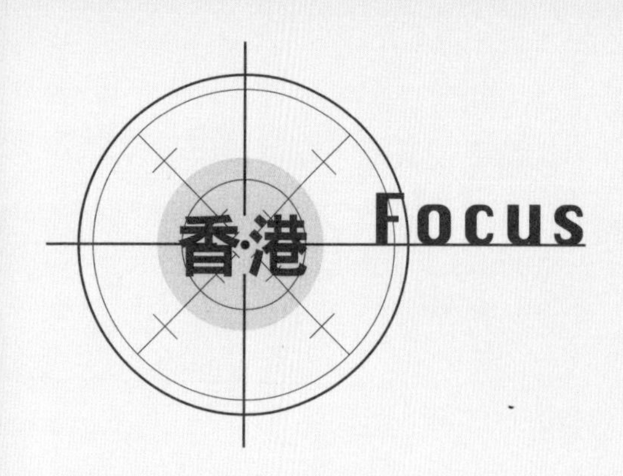

1964年，粵港簽訂供水協議後，東江水便成為港人日常用水的主要來源。東江供水的源頭在河源市的新豐江水庫，流經惠州市、東莞市和廣州市。在60、70年代，東江水是廣東省最清潔的食水源，但隨着中國改革開放，工業發展和居民生活水平提升，導致污染增加。90年代，東江中游惠州段的水質僅為國家地表水質量標準第IV級，只能作工業用水，不可飲用。供水予香港的東江抽水口，則處於惠州段下游。

1989年粵港再簽訂供水協議，粵方保證供水不會低於第II級地表水質量標準。唯90年代東江水污染嚴重，廣東省水務當局遂於1997年要求香港資助興建一條密封式輸水管，造價50億港元，表示可減輕供水所受的污染。管道連接東莞橋頭鎮和深圳水庫，工程構思、設計和施工全由廣東省負責，特區政府則在1998年向廣東當局借出23億港元免息貸款——當時水務署及工務局承認，在工程落實之初尚未獲得圖則。

輸水管道於2003年6月正式運作。2004年3月，綠色和平（Greenpeace）香港派員在管道起點及

> **數字在說話**
>
> 廣東省也有公佈省內水系的水質。根據廣東省江河水質年報，東江惠州段（東岸斷面，管道取水口鄰近上游）之監察數據顯示，2002至2011年，除了2009及2010年數據從缺，每年水質均達第II級標準；而按江湖水質量周報，東江東莞橋頭監測站（管道取水口鄰近下游）之數據則顯示，在2013年52周中（14及18周數據從缺），其中17周的水質為第III級標準。

附近兩處（太原抽水站及石馬河河口）抽取共32個東江水樣本，化驗後發現幾乎所有樣本的大腸桿菌及氨氮均超出第II級標準，小部分樣本更含有重金屬。當時水務署嚴辭反駁，指在木湖抽水站抽取的東江水樣本，水質較管道建設前大幅改善。

事實是，雙方陳述並不矛盾，因木湖抽水站位於文錦渡，而根據水務署的輸水管道縱切面圖，輸至深圳水庫的東江水會經生物處理工程淨化。因此，水務署強調的取樣，是已離開管道、經初步淨化、在香港境內的東江供水，水質自然較管道起點為佳。

東江供應廣東省4,000萬居民食水，其水質改善不僅香港居民受惠。然而，相比治理污染，廣東省內各地較重視跨轄界汲取潔淨食水，如深圳「東部供水水源工程」早於1996年動工建造密封管道，從惠州市東江上游水質較佳的位置抽水，不僅搶在香港之先，其抽水口更較香港管道上移100公里。此工程之第2期在2010年完成，加大從東江抽水的規模。另外，佛山、廣州近年開始從西江抽水，東莞也有此規劃。

由於粵港制度有別，香港雖有份取用東江水，但在供水事務上的參與僅限於出資（如工程借款及買水款項）和監察（如財務監察及視察河道水質），對治理污染更是無法置喙。若廣東省各地仍然側重尋找新水源，未能進一步治理污染，長遠而言，潔淨食水只會更少，香港日後仍可能面臨供水水質變差，甚至缺水的威脅。爭取參與粵港供水事務及治理東江污染，以至設立海水化淡廠，將成未來香港水務的新可能。

生態足印

華麗的衣裝，大大的靴子

一個理想的印度小邦

喀拉拉邦（Kerala）是一個美麗的地方。椰子樹掩映下的溝渠，水邊的市場，與岸邊嬉戲的孩童構成了一幅美麗的圖畫。漫步在科瓦拉姆（Kovalum）的街道，你可以發現人們閒聊的時候眼神充滿笑意，婦女則極力展示她們色彩豔麗的莎麗（saris）。這裏還有各種各樣名目繁多的節日。然後等你去到歐洲後，你就會對每個人臉上死氣沉沉、單調乏味的表情，留下深刻的印象。

而你有所不知的是——喀拉拉邦的嬰兒死亡率，遠低於印度全國的平均水平，甚至追上歐洲某些國家；7 歲以上的喀拉拉人，識字率達 94%。更重要的是，其人口穩定，新生人口呈現下降的趨勢。喀拉拉邦擁有母權制社會的傳統，女性的教育水平較高，出生率較低。

數字在說話

據世界自然基金會的報告，在 2008 年，香港人均生態足印達 4.7 地球公頃（2005 年為 4.4 地球公頃），唯香港人均「生物承載力」（也就是人均佔有的具生產力之土地及水域），卻少得可憐，只有 0.03 地球公頃。簡單而言，香港人所需要的生態資源，較他們所擁有的多 150 倍，屬嚴重「超支」！若全球人口的生活模式都如同香港，將需要 2.6 個地球的資源才能支撐。

生態足印：新量度標準

以上敍述跟「生態足印」有何關係？簡單而言，生態足印就是按照某種生活方式養活一定數量人口所需要的具生產力的土地及水域。一個美國人或一個人歐洲人需要從世界各地獲得食物、礦物和石油，他消耗的所有資源，都是世界有限的土地和水域之一部分，故歐美人口的人均生態足印，通

生態足印的概念

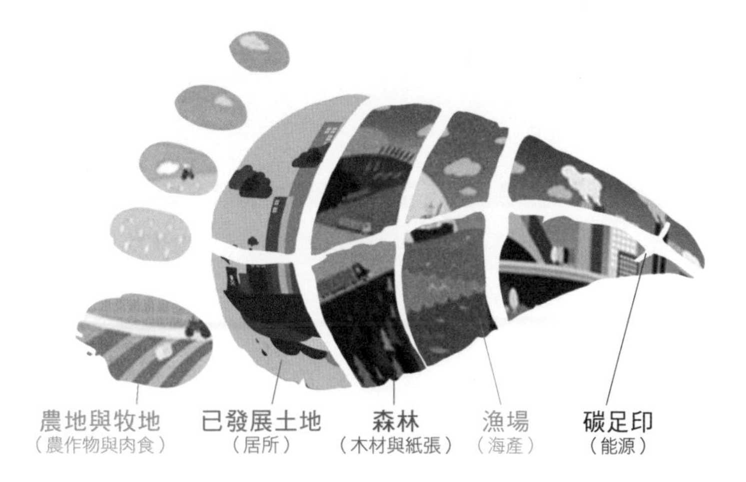

常比印度人大一些。

至 2008 年，全球人均佔有的具生產力之土地及水域，為 1.8 地球公頃。「地球公頃」單位，是將土地及水域的面積，按生產力折算，因此 1 公頃土地或水域的生產力，可大或小於 1 地球公頃。但全球人均生態足印，卻達 2.7 地球公頃，也就是説，我們所需要的地球資源，遠比我們所擁有的多。

過大的生態足印極大地損害了全世界的可用資源：

- 在 20 世紀最後 30 年，人類失去了 10% 的可耕地。
- 在 20 世紀最後 30 年，地球的森林、淡水和海洋資源已減少了 30%。
- 所有魚類種系的 1/3 以及所有哺乳動物種類的 1/4，有滅絕的危險。

隨着人口增加，世界上資源豐富的地區，正以驚人的速度減少。如果現時的趨勢持續，到 2050 年，人類便需要 3 個地球的資源，才能維持生活！因此，我們要麼使地球的資源增加 3 倍，要麼使我們的生活方式和地球可用的自然資源相適應。後者當然更容易一些。

回到喀拉拉邦：當地人並沒有傷害地球，他們的教育、健康和長壽能追上西方的水平。當地的婦女享有平等的權利，而且人口穩定。這例子表明，人類是可以在地球承載能力的範圍內，以一種可以持續發展的方式過活。

一種矛盾

可持續發展

「發展」概念的新定調

古代中國擁有許多發明，卻決意不使用它們；在古希臘，如果有誰不肯花費大量的時間參加公開辯論，就會被誤認為是傻子；伊斯蘭教向我們證明了一個無階級的社會是有可能存在的，他們形成了自己的哲學理論，修建了像塔吉（Taj）和愛爾汗布拉宮等世界上最美麗的建築物。

這些文化的形成，與當地的條件相適應，昔日人們花費大量時間和財富於各種建築物、藝術、慶典和珠寶上。雖然 4,000 年的古老文明已不再發展，卻給我們留下豐富、寶貴的文化遺產。

時間繼續前進，追不上的古老文明遭淘汰。1949 年 1 月 20 日，美國的杜魯門總統（Harry Truman）在其就職演說中，將世界的大部分地區定義為「不發達地區」。在這些地區，「更高效的生產是繁榮與和平的關鍵」。與之形成鮮明對比的，是甘地（Gandhi）在 1908 年發出的警告：「如果印度真的打定主意要仿效英國」，他說，「那將會毀滅這個國家」。

時間無情地證明，甘地失敗了，杜魯門成為勝利者。在 20 世紀，發展經濟成為世界的主調。

追求可持續的「發展」

南方大多數國家以極大的熱忱接受了「發展」的觀點。儘管富國從自己的財富蛋糕上切下來一塊塊丟給窮國，但富國始終相信，這塊蛋糕會永遠增大，屬於自己的那一份永遠不會減少，並且最終使每個人達到滿意的生活。

南方國家開始接受「發展」觀點的最初幾年，有一個問題逐漸浮現，就是發展並不會創造更多工作機會，於是「人力開發」成為發展的主題。

10 年後，人們才意識到貧窮依然存在，於是「社會發展」又成為各種會議中最常用到的關鍵詞。之後還曾出現「基本需求方法」和「平衡發展」兩種口號。遺憾的是，只有「發展」這一觀念未曾被質疑。

最後，人們終於意識到這塊魔力蛋糕不僅沒有增大，反而有可能愈變愈小，因此便出現了「可持續發展」的理念。為了實踐這個理念，當前大批生態保護主義者正在起草各種文件、籌辦各個會議，忙於尋找生產與環境效益更大的方法。電燈泡變得更高效了，人們開始合用汽車，石油公司開始植樹以吸收其排出的大量煙霧。生態保護主義者努力説服富國將適當的技術轉讓給窮國，對窮國要「寬恕」和公正，甚至連自然界也被重新命名為「自然資本」……一切説辭與行動的目標，是建立可持續發展的城市和社會。

一種「無痛苦」的理論正在推動可持續發展概念的發展——即

不必為了達到整個世界的公平，而重新分配我們過多的財富。當然，這也許只是推遲我們對「蛋糕縮小」的認知，延後我們必須將蛋糕分給別人的時間。

量化可持續發展的討論

可持續發展的理論雖早於 1980 年代確立，但至今仍欠通行的量化指標。無論是 1990 年起聯合國環境規劃署每年發表的「人類發展指數」，抑或 2000 年聯合國成員國通過的「千年發展目標」（Millennium Development Goals, MDGs），皆非系統評估可持續發展的指標。

至金融海嘯後，要求改革現行社會經濟制度之聲湧現，關於量化可持續發展以供評估的討論因而展開。聯合國秘書長屬下一個關注全球可持續發展的小組於 2012 年發表報告，提出創製一個「可持續發展指數」（sustainable development index）；同年舉行的聯合國可持續發展會議，則提出仿效 2015 年到期的千年發展目標，擬定可持續發展目標（Sustainable Development Goals, SDGs）。唯各國仍需要時間磋商。

大氣中的碳

大自然留住了它，而我們卻將其釋放出來

儲不住碳 災擋不來

2 億年前，地球大氣中二氧化碳的含量很高，當時氣溫比現在要高 10°C，海平面則比現在高出 70 米。由於光合作用和浮游生物的存在，空氣中的碳和其他溫室氣體逐漸被吸收，大多數的碳逐漸化為甲烷、煤、天然氣和石油，附在地殼之上。這一碳儲存過程，降低了大氣中溫室氣體的濃度，地球的溫度和海平面也因此下降。然而，過去 200 年，我們卻將已經儲存的碳和其他元素，重新釋放出來。

早於 19 世紀，已有科學家發現大氣中的各種氣體會影響氣候，包括法國數學家約瑟夫 · 傅里葉（Joseph Fourier）和愛爾蘭科學家約翰 · 廷德耳（John Tyndall）。1898 年，瑞典科學家阿雷尼烏斯（Arrhenius）發明「溫室效應」（greenhouse effect）一詞，並且預測，若大氣中二氧化碳的濃度增加 1 倍，全球氣溫將會升高 4°C 至 6°C，這一數字與當前的預測極為接近。在科學界輾轉爭論 100 多年後，人為排放溫室氣體與全球氣候變化之間存在相互關聯的理論，已被廣泛接受。

本來，溫室氣體是使地球適合人類居住的關鍵。如果沒有水蒸氣、二氧化碳和其他溫室氣體覆蓋在地球表面，氣溫將會比現在低 30°C，不可能有生命存在。冰河時期一度是地球的正常狀態，在過去 1 萬年裏，曾有一段間冰期，全球平均氣溫保持在 15°C 左右，使人類文明得以發展。極地地區的冰核表明，在冰河時期大氣的二氧化碳含量很低，低於 240ppmv（氣體濃度單位，parts per million by

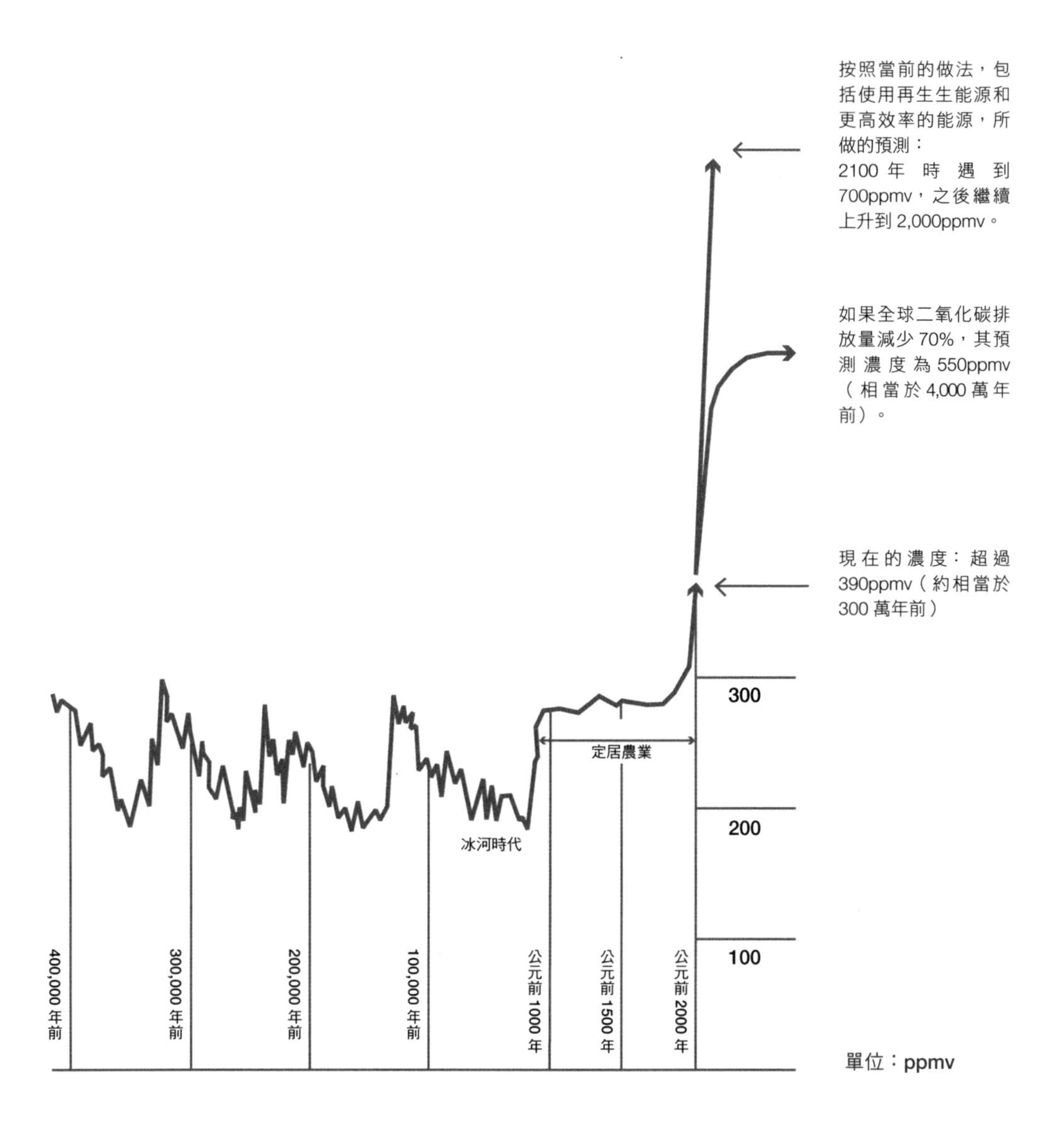

▲ 40 萬年以來二氧化碳濃度的變化和現時部分預測（資料來源：Vostok ice core）

volume 的縮寫）。在間冰期，二氧化碳的濃度略有升高，但也從未超過 300ppmv。

當我們開始採掘和燃燒煤炭，將積儲的碳重新釋放到大氣時，溫室氣體的濃度便逐步上升。大約在 100 年前，人類開採和使用石油釋放了更多的碳。至 20 世紀初，二氧化碳的濃度早已超過 40 萬年前曾經到達的最高水平。

過去 50 年，溫室氣體濃度上升之快，乃前所未有，目前濃度已超過 390ppmv，遠超歷史紀錄。更糟的是，由二氧化碳濃度增加引發的全球暖化，很可能才剛開始，即使我們現在採取一些根本措施，大氣中二氧化碳的濃度也會繼續升高至 450ppmv 甚至 550ppmv。也就是說，我們的行動或許太遲了。

數字在說話

當前二氧化碳濃度是近 80 萬年以來最高。2011 年，二氧化碳濃度已達 391ppmv，較工業化前高 40%。自 1750 至 2011 年，二氧化碳排放噸數中約 70% 來自燃燒化石燃料及製造水泥。

預測非用作除患

有關未來全球暖化的趨勢，我們尚處於一個未知的領域，科學家開發的電腦模型不代表十足把握的推算。首先是一些科學事實涉及以萬年甚至十萬年計的周期，很難引起學術界以外的人關注；其次是科學家對某些現象仍難定奪，例如「反饋作用」——白雪可反射熱量，但氣溫上升導致融雪增加，融雪水和因融雪顯露的陸地卻會吸收熱量，最終令氣溫升高和融雪增加的現象循環加劇。

此一「積極反饋」的典型事例，可能產生一個更大的危險：北冰洋苔原下和大陸架邊緣存有大量甲烷，或因融雪而釋放，而甲烷造成溫室效應的作用是二氧化碳的 20 倍。

因此，我們必須對各種預測保持警惕。最初，政府間氣候變化專門委員會（Intergovernmental Panel on Climate Change, IPCC）預測全球氣溫會升高 3°C，幾年後就變成 6°C；對海平面升高的預測也是如此，南極部分地區的氣溫已經升高 5 倍，高於全球平均值。再說，科學家的預測也只是在「最小的變化」、「最佳的猜測」和「最壞的情況」下可能出現的事態而已。事實卻不一定如此，例如在 2002 年南極洲 Larsen B 冰架在 1 個月內全部坍塌，科學家也只能表示「驚訝」。

現今二氧化碳的濃度已是數百萬年來的新高，唯日漸增加的旱澇和氣候反常現象，很可能只是全球暖化對我們最小的影響而已。科學界也無法準確判斷氣候變化的未來發展，僅能確認問題惡化會造成災難。

數字在說話

IPCC 在 2013 年發表的評估報告指出，1880 至 2012 年，全球陸地及海洋表面的平均溫度已升高 0.85℃。報告更預測 2081 至 2100 年全球平均表面溫度，會較 1986 至 2005 年高 1℃至 3.7℃。

報告又分析了海平面上升的情況，指出自 1901 至 2010 年，全球平均海平面升高了 0.19 米，並預測在 2081 至 2100 年，全球平均海平面高度會較 1986 至 2005 年高 0.4 至 0.63 米。

全球變暖

應付難以預料的事

傾斜的蹺蹺板

2001 年，時任美國總統喬治 ・ 布殊（Geroge Bush）要求美國國家科學院（NAS）重新審核政府間氣候變化專門委員會有關全球暖化的調查結果。美國國家科學院認為，全球氣候改變是突然而至，而非一段很長時間的漸變，這種驟變就發生在近 10 至 20 年之間。報告提到：「當全球天氣系統被迫超越某一臨界點，便會發生突然的氣候變化，同時以一種由天氣系統本身決定，並且比該誘因更快的速度引發一種全新的狀態。」報告用一幅蹺蹺板示意圖說明，支點處重量的輕微改變會引起蹺蹺板的整體傾斜。

美國國家科學院報告最後總結道：「以地質氣候紀錄為基礎得出的推斷結果表明，預測的氣候改變很可能不是經由漸進的演化過程及溫室氣體濃度保持一定比例而發生，而是通過影響次大陸或面積較大地區的突然而持久之天氣改變而發生。」災難是可以預料的，現在氣候變化的蹺蹺板隨時都可能傾斜。

尚有一個問題。自地球上有生命以來，太陽亮度增加了 30%，但地球表面的溫度和環境一直保持相對穩定，這導致「蓋亞假說」（Gaia Hypothesis）出現：微生物以某種方式控制地球環境，使其保持一種相對穩定、適合生命繁衍的溫度。

此說也許暗示無論我們怎麼做，氣溫都會保持穩定。但蓋亞假說的始創人詹姆斯 ・ 拉洛克（James Lovelock）卻不認為當前這一階段的氣候變化是穩定的。「像當前這樣的間冰期，只是一個調節暫

▲ 圖為格陵蘭一角於 1985 年（左圖，攝於 1985 年 11 月 8 日）與 2005 年（右圖，攝於 2005 年 4 月 9 日）的對照，可見冰雪覆蓋範圍（白色）大幅減少。全球暖化令極地融雪情況加劇。（照片來源：美國地質調查局）

時中斷的時期，在這時期內當然沒有時間排放更多溫室氣體或耗盡生物的多樣性。」人為的大規模生物滅絕只能使情況更糟——也是引起氣候改變的第二個原因。

經濟學家的保守態度

與憂心的科學家相比，經濟學家取態保守、冷漠得多。耶魯大學教授威廉 · 諾德豪斯（William Nordhaus）預計美國只肯拿出國內生產總值的 2% 來對抗全球暖化，因那恰好是兩個最受氣候變化影響的行業，即農業和林業的產值。1992 年在里約熱內盧舉行的地球高峰會上，美國的談判理據便以諾德豪斯之預測為基礎。但該預測忽略了一個基本事實：沒有食物，人類將無法生存。若氣候變化給農業造成重大損失，導致糧食短缺，則農業的貨幣價值將大大提高。

經濟學家和統計學家也會談論「成本效益」的問題。科學家認為，不可能預測各個領域內氣候變化的程度和結果，但經濟學家卻會提出各種假定，最後建議我們對全球暖化不應該採取任何對策——就讓蹺蹺板傾斜吧！假定之一就是必須包含死亡成本，因為將有很多人因為蹺蹺板傾斜而死。英國經濟學家大衛 · 皮爾斯（David Pearce）認為，一個歐洲人或美國人的生命，比一個中國人或印度人的生命值錢 10 倍，若把人當作經濟單位，他的說法無疑是對的，那不過是將主流經濟其中一個最荒誕的弱點再加強調罷了。

實情總是超乎預測

假如氣溫快速變化，地球上的物種將沒有時間自我調節和適應，一旦成真，整個生態系統便會崩潰；假如農民無法依據現有的氣候耕作，則整個食品體系將受威脅；假如西南極州岸的冰原離開原位，海平面將上升 6 米，淹沒不少城市以至發達國家的基礎設施，包括核反應爐。

上述才是貼近現實、有根據的推斷，而非按照假說提出的預測。經濟學家總是把預測當成不變的真理。我們的行動應當以思想為基礎——一種能促使人類行為與地球變化相和諧的思想，而非依賴預測。

至今，世界各地有關自然災害、極端天氣和生態系統混亂的報道並不鮮見，對此保險業尤感為難。英國特許保險學會便認為，依照目前的趨勢，今後半世紀人類遭受的損失會超過全球國內生產總值，而我們不可能把所有錢都花在應對災害之上。現在保險公司不得不拒絕承保某些由氣候災害引致的損失。

珊瑚礁正在消失、南極磷蝦的數量大幅減少、熱帶地區疾病如瘧疾向外蔓延、北極冰層變薄、不少亞洲國家的人民因洪水而無家可歸……一切不過是全球氣溫上升 0.6°C 的後果，如果將 0.6°C 乘以 5 或 10，又會發生甚麼事情？

2001 至 2010 年：極端 10 年

升溫是 21 世紀首 10 年的主題。2001 至 2010 年，全球平均表面溫度為 14.47℃，是有現代氣象紀錄以來（1880 年）最高。這 10 年中熱浪殺人數字，較上一個 10 年（1991 至 2000 年）高 2300%，其中最嚴重者包括 2003 年夏季歐洲熱浪及 2010 年 7、8 月俄羅斯熱浪，分別導致逾 6 萬及 5 萬人喪生。

風暴是另一焦點。在北大西洋盆地（North Atlantic Basin），2001 至 2010 年是自 1855 年以來，熱帶氣旋最活躍的 10 年。其中最具破壞力非 2005 年 8 月橫掃美國南部的颶風「卡特里娜」（Hurricane Katrina）莫屬：導致超過 1,800 人喪生，經濟損失最少超過 1,000 億美元。

歐洲變冷

洋流

維持氣候穩定的「泵力」

在天氣一向寒冷的英國，溫暖氣候總讓當地人感到舒適，但若全球氣候變化嚴重影響英國，他們或許會持相反觀點。現時許多科學家正擔心全球變暖趨勢或導致歐洲地區氣候變冷——真正威脅英國人的也許是洋流。

洋流對氣候有非常重要的影響。對墨西哥灣流產生驅動作用，大西洋「傳送帶」的深層海水，要花約 1,000 年的時間才能從北極洲環流到南極洲，故人們想當然認為這些洋流能保證天氣長期穩定。

但這假設已被質疑，最先讓人感到震驚的是位於地中海的洋流僅 1 年便開始回流，隨後位於格陵蘭島和挪威之間的深層海水洋流也有同樣情況。在上一個間冰期，即 10 萬年前，格陵蘭島 10 年中平均氣溫的波動，最多不會超過 7°C，這很可能由大西洋洋流的漲退造成。

儘管近年世界平均氣溫只上升約 0.6°C，但一些北極氣象站提供的數據卻顯示，北極地區的氣溫升高了 5°C，一些冰原的厚度已下降了一半，面積也縮小 16%。當海水結成冰，部分鹽分會被析出，最終含鹽量大的海水沉到海底，並產生將海水趨集到墨西哥灣的「泵力」。

然而，由於氣候變暖，海水結冰量減，加上冰山融化產生的淡水，使「泵力區」的海水溫度升高、含鹽量降低。如果情況持續，泵力將瀕臨停止。墨西哥灣流將熱帶地區的暖濕氣流帶到英國，沒有它，英國的氣候會跟拉布拉多或西伯利亞某些地區一樣冷。

墨西哥灣流概說

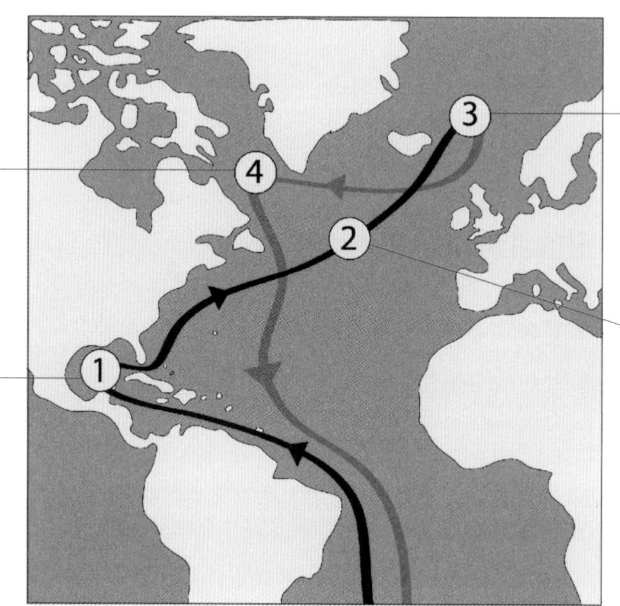

GLOFs：融冰成洪

除了海冰，高山冰川也會因氣候暖化而融解。當高山的冰川融化時，會形成一些堆滿冰塊的湖泊，部分冰川湖的面積可達 1 平方英里，深 300 英尺。在某些冰川湖，冰塊堆成的壩狀物會突然潰決，形成洪水，稱為 GLOFs（glacial lake outburst floods）。

尼泊爾、不丹、印度和巴基斯坦等喜馬拉雅山鄰國，長年受 GLOFs 影響，如 1994 年不丹的 Luggye Tsho 冰川湖決堤造成 21 人死亡，洪水湧至印度才消散；而橫跨智利和阿根廷，位處安第斯山脈的巴塔哥尼亞冰原（Patagonia Icefield），據報在 2008 及 2009 年也出現了 5 次 GLOFs。

樂觀不再 更須行動

我們對氣候和洋流的認識還很有限，也許無法準確預測溫室氣體增加所導致的後果。制定軍事計劃的人，總着眼於最壞的結局，但人們對待氣候問題的態度卻相反：為免媒體渲染，政府間氣候變化專門委員會在 1990 年的報告中竟然只提到「最樂觀猜測」的結局！

不過，隨着自然界浮現更多證據，例如南極冰冠在 2002 至 2011 年的平均冰損失速度，較上一個 10 年大幅增加逾 6 倍，科學家開始拋棄樂觀預期，提出蓋亞假說的拉洛克近年便稱：要停止氣候變化，大概已太遲了！

為了保持地球的生機，我們必須阻止溫室氣體在大氣中不斷累積。要減少排放溫室氣體，必須取得所有國家的一致認可，所達成的協定必須公正。

氣候平等的概念不難理解，二氧化碳排放權正是建立在平等的人均基礎之上，儘管伸張平等享受優質氣候的權利是一項挑戰，但它也是個絕佳機會，將更多有關金融平等、資源平等的概念帶入現今的環境和社會。

氫經濟

能源的未來

真實的「神秘島」

法國作家朱利・凡爾納（Jules Verne）在其 1874 年出版的科幻小說《神秘島》（*The Mysterious Island*）中曾寫道：「我相信將來總有一天，水會被當作燃料使用。構成水的元素氫和氧或被單獨使用，或放在一起使用，它們將為我們提供用之不竭的光和熱，其強度和熱度是現時煤炭根本無法達到的。」

至 20 世紀，有一個島國循這個方向發展——冰島。該國運用其藏量豐富的水和地熱資源發電供熱，並利用電解過程從水中提取氫氣。此外，冰島還積極使用近海風輪機，發展風力發電。

冰島將《神秘島》描寫的過程逆轉過來。使用「可再生」電力的加油站生產氫氣，而將氫和氧合成水的過程，則能為使用燃料電池的馬達提供動力。或許，冰島將成為世界上第一個不再排放溫室氣體的國家，向世人展示實現氫經濟構想是可能的。

數字在說話

冰島使用的能源絕大部分是可再生能源：

2010 年初級能源使用

能源種類	所佔百分比
水力	19.4%
地熱	66.3%
石油	12.6%
煤炭	1.7%

2011 年發電用能源

能源種類	所佔百分比
水力	72.7%
地熱	27.3%
化石燃料	接近 0%

▲ 位於冰島格林達維克（Grindavík）的地熱能設施（照片來源：Lydur Skulason from Iceland/CC BY-SA 3.0）

氫計劃：追求高效與環保

最先發明此種構思的是布拉吉 · 阿納森（Bragi Arnason）教授，他在 1978 年指明了冰島試行氫經濟的益處：「在一個小國引入一項新技術很容易。」他說：「因為即使不成功，改正起來也不會很難，然後你就可以汲取你在這裏得到的教訓，並將其運用到更大的國家。」

阿納森的計劃分為 5 個階段，首階段在 2000 年開始，於公共交通工具和私家車中逐漸應用氫燃料電池，然後是捕魚船，最終目標是以新能源全面取代化石燃料，並達致能源自給自足——現時冰島使用的初級能源仍有 15% 屬進口。若達成最終目標，則冰島的溫室氣體排放量大概只有現時一半。

雖然生產氫氣的成本高於汽油，但氫燃料電池的效益較高。使用氫燃料電池的巴士，能源效率可達 60%，而使用汽油的巴士則只有 20%，因為引擎要先將汽油轉化成熱能，然後才有動能，而電池則可直接輸出電力。

但氫燃料電池仍非完美，因為它需要利用貴金屬鉑（platinum，即白金）作催化劑。現時一部汽車的氫燃料電池需要用上 100 克鉑，雖然在下一個 10 年，該用量或會因技術進步而降至 20 克，但鉑的產量能否追上需求呢？

2007 年，全球汽車產量超過 7,100 萬輛。在下一個 10 年，即使只有不足兩成的汽車，即 1,200 萬輛車採用氫燃料電池，而每部車的電池僅需要 20 克鉑，合起來仍要用上 240 噸鉑。在 2011 年，全球鉑的總產量僅約 220 噸。

無論如何，計劃要到 2040 年才完成。冰島蘊藏豐富的可再生能源，也累積了製造氫氣的經驗；氫燃料電池技術同時在進步，例如嘗試改以鎳代替鉑作催化劑——鎳的價格僅為鉑的 5‰。從全球範圍看，在石油產量達到峰值與氫氣被廣泛運用之間，應會出現空檔，而生產石油、發動機以至汽車的公司，也逐漸發現氫燃料電池技術蘊含的巨大商機。

如果昔日能源研究的重點是水，那麼地球現在就可以可持續發展。相反，我們卻選擇了煤炭、石油和核動力等無法可持續發展且危機重重的能源。也許，到了今天，發展氫經濟才是我們得以倖存的唯一選擇。

日本：未來環保車重鎮

日本政府於 2012 年定下目標，要求到了 2020 年，國內銷售的新車有一半是環保車，包括電動車和氫燃料電池車。

為了推廣氫燃料電池車，於 2011 年，包括汽車製造商與能源公司在內的 13 家公司計劃在 2015 年前，於東京、名古屋、大阪及福岡興建 100 個氫燃料補充站。

國際氣候會議

明日復明日？

〈京都議定書〉成效存疑

自 1992 年各國簽訂〈聯合國氣候變化框架公約〉（UNFCCC），締約國於 1995 年起每年召開一次會議。1997 年，締約國在京都召開會議，當中大部分是北方工業國，一致同意在 15 年內將溫室氣體排放量減少至 1990 年排放標準的 94.8%，但這規定並未包括環境污染增長最快的兩個國家：中國和印度，或不利於維持溫室氣體濃度穩定。此外，與會國還同意依照當前二氧化碳排放量，計算各國可獲得的二氧化碳配額——這也許違背了「公平的基礎」（〈聯合國氣候變化框架公約〉條款 3.1），因為一個國家在過去對環境的破壞愈大，未來被允許排放的污染物反而愈多。

當然，美國人均溫室氣體排放量是印度人均排放量的 30 倍，要想突然將一種定量配給和平等分配的觀點強加於人十分困難，因此經歷一段趨同的過程是合理的。所以，〈京都議定書〉依然是歷史性的一步，表明世界大多數國家願意合作拯救人類。

只是，〈京都議定書〉規定的第一減排承諾期（2008 至 2012 年）已經過去，實際情況如何呢？撇除美國從未確認〈京都議定書〉，日本及俄羅斯於 2010 年會議表明無意承擔第二承諾期（2013 至 2020 年）的減排指標，加拿大更直接於 2011 年會議宣佈退出〈京都議定書〉。

溫室氣體排放量變化：誰會達標？

國家（注1）	〈京都議定書〉 溫室氣體排放量目標變化 （1990年至第一承諾期）	1990至2011年 溫室氣體排放量 實際變化（注2）
冰島	+10%	+10.3%
澳洲	+8%	-2.3%
挪威	+1%	-26.3%
俄羅斯	0	-50.8%
新西蘭	0	+87.7%
加拿大	-6%	+49.0%
日本	-6%	+2.9%
美國	-7%	+7.6%
歐盟	-8%	-19.9%

注1：加拿大退出〈京都議定書〉於2012年生效；2010年，日本及俄羅斯表明無意承擔〈京都議定書〉2013至2020年的減排指標；新西蘭將另行制定2013至2020年的減排指標；美國從未確認〈京都議定書〉。

注2：包括土地利用、改變土地用途和林業所排放/清除的溫室氣體。

上表顯示了工業化國家，也就是〈京都議定書〉附件B締約國之間的分歧：一些國家遵守減排指標，有些國家如加拿大、日本及新西蘭卻沒有，並到最後關頭放棄承擔責任。

俄羅斯是個例外，蘇聯解體及其後的經濟衰退，令俄羅斯溫室氣體排放大減，因而累積了大量排放額度（「分配數量單位」，assigned amount units，簡稱AAUs）。俄羅斯不效法加拿大直接退出〈京都議定書〉，是尋求繼續使用、交易其第一承諾期之分配數量單位——這最後遭到限制。2012年多哈會議決定，在第二承諾期可轉讓的第一承諾期分配數量單位上限，定為各國在該段期間排放額度的2%。

談判場內充斥取巧

除了北方國家陣營分裂，南北國家之間也各有盤算。〈京都議定書〉訂明「共同但有區別的責任」（common but differentiated responsibilities），成為中國、印度等南方大國拒絕就排放設限的擋箭牌。例如在 2011 年德班會議中，歐盟建議為「主要排放國」制定減排的法律框架，便遭中、印反對。根據世界銀行數據，2010 年中國和印度的二氧化碳排放量較 1990 年各增加 236% 及 190%，分列第一大及第三大排放國。

北方國家也欠缺真誠。在 2008 年哥本哈根會議中，締約國同意成立綠色氣候基金（Green Climate Fund, GCF），讓北方國家協助南方國家應對氣候變化，目標為：2020 年前北方國家保證每年向南方國家撥款 1,000 億美元，並於 2010 至 2012 年間先行出資 300 億美元，成立快速啟動基金（Fast Start Finance, FSF）。

唯至德班會議，綠色氣候基金才宣告啟動，此後兩年無大進展，可行注資方案尚未提出。目前北方國家承諾的注資金額僅數十億美元，距目標每年 1,000 億甚遠。至於快速啟動基金，2012 年 11 月國際樂施會（Oxfam）發表研究，估計該基金中僅 33% 為哥本哈根會議後加入的新資金，餘下部分為北方國家把已在會議前規劃、承諾或支付的撥款，轉換至快速啟動基金的名目上；樂施會亦估計快速啟動基金中僅 43% 金額為資助，其餘為貸款——南方國家需要償還。

我們可以想像災難氣候和生態崩潰的模樣：極端天氣更密、氣候難民增多、沙漠化加劇、流行病傳播更廣。太平洋島國如圖瓦魯、瑙魯已面臨淹沒威脅。可是，北方國家與少數南方大國似乎仍在遲疑，只求為本國爭取最大利益，有違國際氣候會議的初衷。

〈京都議定書〉下四種減排單位

分配數量單位（AAUs, assigned amount units）

附件 B 締約國按公式計算出其排放額度，稱為分配數量（assigned amounts），這數量會被劃成 AAUs。未使用的 AAUs（即沒被使用的額度）可在附件 B 締約國之間交易，購入者可用以抵消超額排放量。

減排量單位（ERUs, emission reduction units）

根據「聯合發展機制」（Joint Implementation），某附件 B 國家在另一附件 B 國家實行減排溫室氣體的計劃，可獲得 ERUs，算作本國的減排量。

核證減排量（CERs, certified emission reduction）

根據「清潔發展機制」（Clean Development Mechanism），附件 B 國家協助發展中國家推行減排溫室氣體的計劃，可獲得 CERs，算作本國的減排量，亦可交易。

清除量單位（RMUs, removal units）

因應土地利用、改變土地用途和林業（Land Use, Land-Use Change and Forestry）所減少的溫室氣體排放，會成為 RMUs，算作本國減排量，也可交易。

每個 AAUs、ERUs、CERs 及 RMUs 皆代表 1 公噸二氧化碳當量（CO2 equivalent）的溫室氣體。

數字在說話

2012 年國際樂施會就快速啟動基金發表的研究指出：

- 歐盟承諾的 100 億美元撥款中，僅約 27% 是哥本哈根會議後才計劃或公佈的新款項。
- 日本承諾的 150 億美元撥款中，其中 110 億美元已在哥本哈根會議前公佈（由日本政府單獨出資的 Cool Earth Partnership 計劃）。
- 德國、美國及英國將其捐給世界銀行氣候投資基金（Climate Investment Funds, CIF）的錢，計算入快速啟動基金撥款中——而西班牙和瑞士沒有這樣做。世界銀行氣候投資基金於 2008 年 7 月獲世界銀行理事會通過，9 月獲得捐款承諾，時間較哥本哈根會議早。
- 法國向快速啟動基金報告的 17.5 億撥款中，只有 15% 以資助形式撥出，其餘都是貸款。

石油的前景

誰在愚弄誰？——為甚麼要這麼做？

石油峰值：無法逃避的現實？

我們祖先做夢也沒想到，煤、天然氣和石油能將人類的生活水平提升至今天的高度，人類將它們視為經濟結構中一個永恆的組成部分。事實卻是，即使沒有這些化石燃料，後代一樣有活下去的方法。

美國地質學家哈伯特（M. King Hubbert）於 1956 年曾提出石油峰值（oil peak）的概念，指出 15 年後美國的石油開採量將達到頂峰，此後會下降，並且不可能恢復到鼎盛期的水平。當時石油開採量節節上升，石油公司漠視哈伯特的警告，但到了 1971 年，哈伯特的理論應驗了。2013 年，美國石油淨進口量（進口減出口）佔其消耗量約 42%，這還主要受惠於近年的技術進步。世界石油業的發展若遵循昔日美國模式，可預見在不久將來，世界石油的開採量將達到峰值。

我們對石油勘探史瞭如指掌，能生產的石油顯然不可能比已勘探的更多。美國大陸（除阿拉斯加及夏威夷的 48 個州）的石油勘探早在 1930 年就達到最高值，比石油峰值早了 40 年。世界石油勘探則在 1960 年代達到最高值。慢慢地，新油礦的數目愈來愈少，規模也愈來愈小，但這仍無法改變全球石油業的發展模式。

全球原油總量（包括已使用、儲備中及未被發現的）估計約有 2 萬億桶，其中一半已被開採，如果石油產量繼續下跌而需求繼續增加——尤其中國和印度的經濟高速發展——石油價格將居高不下。

我們正處於如此狀況中：我們能夠生產的石油，數量遠遠追不

美國及世界油產量（1965-2012）

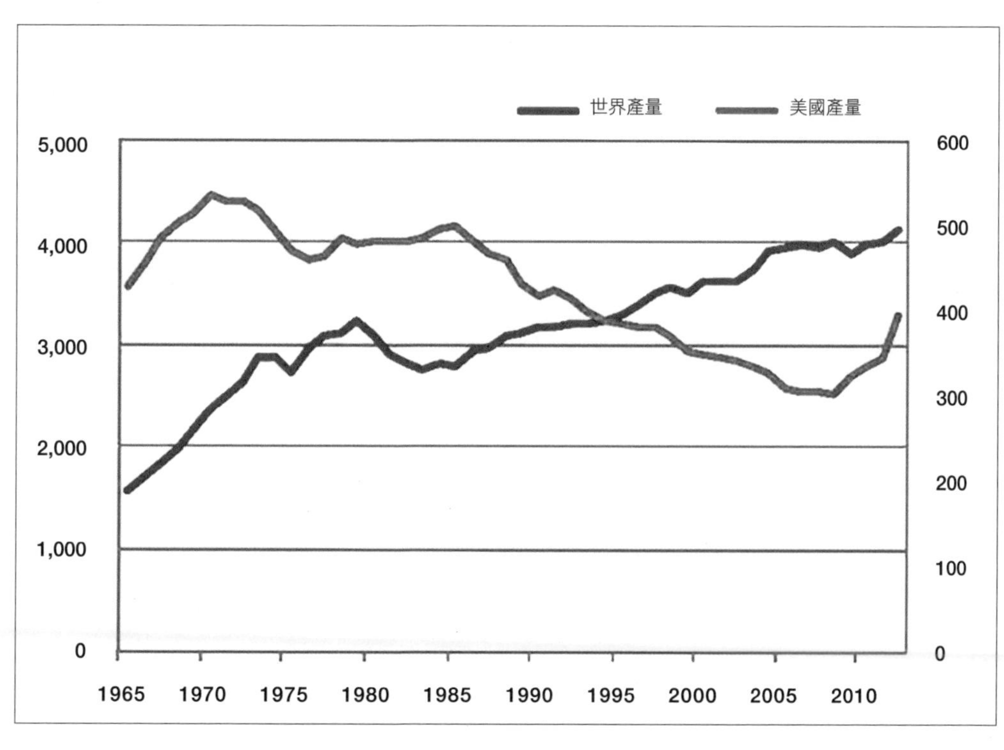

注：單位為百萬噸；油產量含原油、頁岩油、油沙及液化天然氣的產量。

（資料來源：英國石油公司）

上我們的需要。當世界經濟處於衰退期，石油的產量和供應相對充足，油價下跌，這種情形有助世界經濟走出衰退；隨後當經濟繁榮，石油又會變得短缺，油價上漲，使世界經濟再陷入衰退。這種蹺蹺板式的交替過程也許會持續一段時間，但到了某個時候，我們能夠生產的石油數量會走下坡，不復增加，進而使經濟衰退加深。當然，中東地區的不穩定也有可能將我們所有的預測全部推翻。

「搶油」：美國的中東政策

沙特阿拉伯是世界石油儲備大國之一，境內有美軍駐紮，且擁有一支受美軍訓練的防衛部隊；裏海地區的油礦也相當多，亦有美國軍隊派駐；阿富汗塔利班與伊拉克薩達姆兩個政權，因美國軍事行動而先後倒台——兩國同樣擁有豐富石油資源；伊朗是中東地區實力較強的國家，可以藉封鎖霍爾木茲海峽切斷波斯灣的交通，加上擁有核技術，故也受到美國制裁；中東以外的產油國，美國並沒有忽視，例如南美洲的委內瑞拉和非洲國家安哥拉。

美國最初的藍圖是這樣的：既然不可能依賴俄羅斯輸油管道從裏海地區獲得石油，「邪惡國家」伊朗也不會聽從美國指揮，要從中東輸出石油便只剩下穿過阿富汗一途。

數字在說話

根據英國石油公司（BP）的數據，美國油產量（含原油、頁岩油、油沙及液化天然氣），在 1970 年達到最高峰的 533.5 百萬噸，此後一直下跌，至 2008 年為 302.3 百萬噸。但近幾年卻見回升，至 2012 年產量為 394.9 百萬噸，短短幾年間增產近 100 百萬噸。

而根據美國能源資訊局（EIA）的數據，美國原油（crude oil）年產量同樣在 1970 年達到最高峰，2008 年跌至最低，同樣於近幾年大幅回升。

近幾年美國石油增產，令人預測全球石油峰值將延遲。增產原因與技術進步有關：水平（橫向）鑽井與水力壓裂兩項技術，使蘊藏於頁岩層中的頁岩油（shale oil）能夠被開採。而美國正是開採頁岩油的佼佼者。

1998 年石油公司 Unocal 籲請國會的一個小組委員會在阿富汗營造可適量投資的環境——「擬議中穿過阿富汗的輸油管道，必須要在一個獲得我們的政府、領導人和公司都認可的新阿富汗政府成立後，才可開始」。時任美國副總統切尼（Dick Cheney）不僅曾是 Unocal 的三個貿易夥伴之一，也是中亞好幾個共和國的輸油管道顧問。

2001 年 7 月，巴基斯坦外交部長被美國政府告知：針對阿富汗的軍事行動將於 10 月中旬全面展開。當時「911 事件」尚未發生。2002 年 2 月，攻打阿富汗的主要戰事結束後，美國已在所有中亞共和國建立了永久軍事基地。時任美國國務卿的鮑威爾（Colin Powell）稱：「我們將在中亞地區獲得持久利益，並在那裏常派駐軍，而這一切在以前是根本無法想像的。」當時布殊政府預計，政治動亂將使美國有能力建立對全球石油資源的直接軍事控制……

現今社會經濟發展對石油仍仰賴甚深，例如在不少國家獲得巨額補貼的工業化農業與民航業。過度依賴化石燃料，不僅促成氣候變化，經濟發展也難長遠持續，甚至造成地緣政治局勢長期緊張。如果我們夠明智的話，最優先考慮的應該是降低石油需求。

中美競逐非洲石油

非洲探明石油儲量佔全球約 9%，遠不及中東約 62%，但由於未被勘探的油儲甚多，中美兩國競相增加在非洲的投資。兩國與非洲貿易額皆超過 1,000 億美元，石油佔中美兩國從非洲進口商品的比例，分別接近七成及九成。

由於傳統強國地位和廣派駐軍，美國在非洲的影響力悠久，但近年開始受到中國挑戰。例如從 2005 年起，非洲國家安哥拉便成為中國第二大供油國，其向中國出口原油的金額，更於 2007 年起超越美國。

用基礎建設貸款交換石油供應，以及在非洲派駐維持和平部隊，均顯示中國積極與非洲交好。運用經濟甚至可能的軍事影響力，保證從非洲獲得石油，中國實際遵循美國的方法，而非洲國家則不介意同受雙方「討好」——部分國家同時向中美兩國出口石油，接受其財政援助。

核動力

太猛烈了，根本無法控制！

核能原理——裂變

整個過程要先從鈾（元素符號 U）説起。鈾不僅是自然界中最重的元素，也是自然界中唯一存在的裂變核燃料。鈾的兩種同位素——鈾-238 和鈾-235 的比例是 140：1，但只有後者才能裂變，也就是可以使其原子核產生核裂變，充當核燃料。通常大幅去除天然鈾當中的鈾-238，可以使鈾濃縮，令可裂變的鈾-235 比例提升。被去掉的鈾-238 則變成「貧化鈾」（英文簡寫 DU），同樣具高放射性，以之製成的子彈頭具有較一般彈頭更高的穿透力。

當鈾-235 的原子核俘獲一個中子時，裂變就會發生，之後該原子核就會變得極不穩定，並分解為兩類被稱為「裂變產物」的碎片，其中一類放射性強，且容易被生物吸收、積儲體內，包括鍶-90、銫-137 和碘-131。裂變過程中被釋出的中子會在其鄰近的原子核中引起進一步的裂變，引發連鎖反應，產生巨大能量。如果控制這種連鎖反應，在核電廠的反應堆中，核裂變可以發電；如果有意不加控制，核裂變可以讓炸彈變成災難之源。

最後，裂變的鈾會經歷放射性衰變，先是衰變為錼（元素符號 Np），後再衰變為鈈（元素符號 Pu）。當鈾被用於核反應爐時，像錼、鈈的副產品將不可避免地積聚。

其中，鈈也是一種可裂變物質，自然界儲量極微，主要在核反應堆中產生（如鈾-238 裂變後的產物為鈈-238），另外也可靠人工合成獲得。逾半在反應堆心產生的鈈，會繼續原地裂變釋放能量，故在輕水式反應堆（LWR）中，約 1/3 的熱能輸出都來自鈈；鈈的另一來源為核武，美國與俄羅斯摧毀核武器，產生了大量武器級鈈元素。2000 年 6 月，美俄兩國同意在 2014 年前，各自棄置 34 噸武器級鈈元素——所謂「棄置」，其實是將之改為民用，亦即發電。

永無安全之「核」

鈈英文名稱 plutonium，正是取自神話中冥王普路托（Pluto）。這命名恰如其分，因為除了在增殖反應堆和混合燃料熱中子反應堆中少量使用，其和平用途可能非常有限，並且是放射性極強的毒物。其實，鈾、鈈和大多數裂變產物都要經歷以萬年計的衰變，期間會不斷釋出放射線，一經接觸，哪怕劑量極低，都會導致癌症，令新生嬰兒有先天缺陷。因此，放射線的所謂安全標準根本不存在，我們絕不可以任由這些物質在自然環境中累積、泛濫。

這些物質最初統稱核廢料，後來又被冠以「乏燃料」（used / spent nuclear fuel）之名，因為最初從核反應堆取出的核廢料中，大部分是鈾和鈈——約 96% 為鈾（其中鈾 -238 佔 95%，鈾 -235 不足 1%）、約 1% 為鈈。循環再用核廢料可以提升原料使用的效益，節用約 30% 天然鈾，

數字在說話

美國能源資訊局（EIA）於 2013 年 1 月發表數據，預測 2018 年投產的各類能源之單位成本（levelized cost）——將建造、燃料、營運及財務等成本連同產能計算。以下為平均值（按每千瓦時計算）：

天然氣（複循環發電）	6.6 至 9.3 美仙
風力發電	8.7 美仙
地熱能	9 美仙
水力發電	9 美仙
標準煤	10 美仙
天然氣（渦輪機發電）	10.5 至 13 美仙
核能	10.8 美仙
生物質能	11.1 美仙
潔淨煤	12.3 至 13.6 美仙
光電式太陽能	14.4 美仙
離岸風力發電	22.2 美仙
集熱式太陽能	26.2 美仙

▲ 「不要再有下一個福島！」2011 年福島核事故，重新喚起多國人民對核電的質疑。
（照片來源：Nisa Yeh from Taiwan/CC BY-SA 4.0）

並且令最終要棄置的高放射性廢料體積，縮小至原先的 1/5。

但核廢料終究不會憑空消失，部分國家如美國、加拿大更將乏燃料視同核廢料棄置。現行處理高放射性廢物的主要方法，是將其製成玻璃，或把它置入不鏽鋼容器裏，使它經過 50 年冷卻，然後再掩埋在穩定的地質層裏。對於最後一個步驟，有相反意見認為：根本沒有穩定的地質層存在，這些放射性廢物只能在專家監督下永久儲存在地表之上。總括而言，人類根本沒有「根治」核廢料的方法。

我們也高估自己駕馭核電的能力。1986 年，前蘇聯切爾諾貝爾核電廠（位於今烏克蘭）其中一個反應堆爆炸，事故發生後方圓 30 公里範圍，至今仍被劃為不適合居住的無人地帶。2011 年 3 月 11 日，地震及其引發的海嘯，摧毀了日本福島第一核電廠的冷卻系統，導致核輻射洩漏。9 個月後，日本政府才宣佈反應堆冷卻、核輻射受控，儘管往後仍曾傳出反應堆重新升溫，以及大量核輻射污水排放入海的消息。

福島核事故發生後不久，日本政府將一般人可接受的輻射水平，從 1 毫希大幅提升至 20 毫希。核電廠營運商東京電力公司承認，其應變措施未能完全防止核輻射污水外洩。預料需要 30 至 40 年，才能將核電廠永久封閉，而讓受污染土地重新適合人類居住，則需時更長……

我們能任由狀況持續下去嗎？核廢料累積、核武擴散、核事故、核恐怖主義與核戰的陰霾，都將遺患後代。我們應該攜手，逐步停產及停用核動力。與其執着怎樣滿足人類的能源需求，不如思考怎樣在不造成損害且地球可承受的範圍內生活。

▲ 輻射檢測器，用作探測核事故後福島的輻射量（照片來源：攝影師唐展民提供，為團體「福島之友」創辦人之一。「福島之友」由一群熱心人士於 311 核災後自發組成，藉義賣福島災前風景照籌款，以回饋福島民眾，協助重建當地環境。）

放眼到他方

封存核廢料：長遠之計？

COVRA（Central Organization for Radioactive Waste）是荷蘭唯一合資格處理國內核廢料的公司，其核廢料處理場所的外牆，每 20 年會重新上漆，100 年後變成白色，象徵核廢料的衰變過程。長遠而言，COVRA 處理場所也只是中途站——儲存其中的核廢料會待上 100 年，然後再決定是否適合掩埋地下。

終極方案可能在芬蘭。核電廠營運商 Posiva 正於該國西南部城市 Eurajokl 一處有 18 億年歷史的基岩施工，建設核廢料儲存庫。儲存庫命名為 Onkalo（意指「隱蔽之地」），深入地底 500 米，會分階段建造，預料 2020 年開始存入核廢料，最後於 2100 年永久封閉。Posiva 期望藉先進技術，加上堅固穩定的基岩層，讓核廢料封存 10 萬年。

然而，COVRA 和 Onkalo 都只能應付本國的核廢料，它們僅佔全球核廢料的一小部分。據估計，現時全球高放射性廢物至少有 25 萬噸，需要隔離至少 10 萬年才能變成無害物。

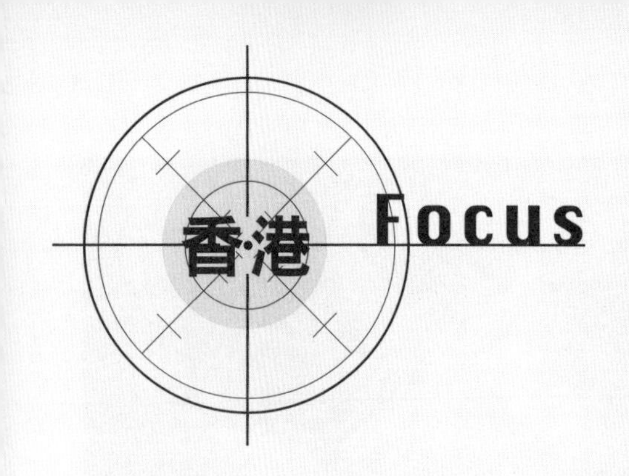

1994 年大亞灣核電廠投入生產後，香港正式從內地輸入核電，現時核能在香港發電燃料組合中所佔比例約 23%。2010 年，特區政府就應對氣候變化的策略諮詢公眾，提及逐步淘汰燃煤發電，擬於 2020 年將核能所佔比例提升至約 50%。但公眾對核能素有恐懼，福島核事故更成反核佐證，以下數點或許是市民關注重點：

1. 通報

迅速通報事故、公佈消息，可減少市民對政府、核廠「隱瞞事故」的顧慮。2010 年 10 月，大亞灣核電廠一反應堆有鋼管出現裂痕，洩漏 2 毫希輻射（分量相當於同一時間照 X 光 20 次）。事故雖僅屬國際核事故評級 1 級（0 級為最低），但中華電力有限公司（核廠股東之一）於事發 3 周後才公開事件，政府也僅在事發 10 天後才獲悉，被輿論質疑通報太慢。

2. 核廢料處理

已使用的核燃料棒屬高放射性廢料。可知的是，大亞灣核電廠會將廢料存放在廠內硼水池，10 年後運出廠外處理，唯地點不明；其他中、低放射性廢物亦會運至廠外貯存庫長期儲存，其位置本來不明，直至福島核事故後 1 個月，中國國家核安全局才公佈實際位置為大亞灣以北 5 公里的北龍。相對美國臭名昭彰的高放射性廢料處置場 Hanford，中國的核廢料處理地點相對隱秘，容易成為公眾不信任的源頭。

3. 周邊核電廠

向香港輸出核電的廣東省，將成核反應堆密度最高的中國省份。截至 2014 年 3 月，廣東省

▲ 台灣民間的反核聲音，遠較香港洪亮。第四核能發電廠（核四）位於台灣龍門，早於 1999 年開始動工興建，唯落成日期一拖再拖。2013 年，台灣政府宣佈續建與否由公投決定。（照片來源：台灣黃正光 /CC BY-SA 4.0）

運作中反應堆有 7 個（大亞灣 2 個、嶺澳 4 個及陽江 1 個）、興建中有 7 個（陽江 5 個及台山 2 個）、規劃中有 10 個（陸豐 2 個、惠州 2 個、台山 2 個及韶關 4 個）。其中，陽江核電廠處香港西面 200 公里，預定設立 6 台百萬千瓦級核反應堆，落成後將是全國最大核電廠（首個反應堆已於 2014 年 1 月投入生產）。唯陽江位處地震帶，從 1986 年至 2011 年 4 月，曾發生 4 次強度達黎克特制 4.1 至 4.9 級的地震。當地未來會否發生更強地震，無人能預料。

4. 災害應對

如果擴大使用核能屬無可避免，特區政府理應證明香港已準備好承受相關風險。直至福島核事故後 1 年，政府終舉行歷來最大型的核事故演習，但由於疏散區劃定為大亞灣核電站方圓 20 公里，實際僅涵蓋東平洲 10 多名居民，其餘 100 多名參加者更預知演習安排，到場採訪的日本傳媒指演習欠專業。另外，香港並未就核事故制定賠償安排，受害者只能跨境向核電廠營運商索償。根據中國相關的行政規定，營運商須承擔的最高賠償額為 3 億人民幣——此並非專屬港人的賠償額。

軍備貿易

聲名狼藉，充滿謊言

企業＋政府＝軍需工業複合體

過去人們認為軍火製造商不過是國家的兵工廠，為軍隊提供進攻和防禦的手段，同時將武器出售給一些沒有軍火製造業的國家。然而，現時全球軍備貿易主要掌握在跨國企業手中。2012 年，全球首 100 大涉及軍事工業的企業之軍備銷售金額合共超過 4,000 億美元，其中首 10 大企業佔近 2,100 億，主要是美國企業：

2012 年全球首 10 大涉及軍事工業之企業

排名	公司名稱	所屬國家	軍備銷售金額（百萬美元）	軍備銷售金額佔公司總銷售金額比例（%）
1	Lockheed Martin	美國	36,000	76
2	Boeing	美國	27,610	34
3	BAE System	英國	26,850	95
4	Raytheon	美國	22,500	92
5	General Dynamics	美國	20,940	66
6	Northrop Grumman	美國	19,400	77
7	EADS（現稱 Airbus Group）	歐盟	15,400	21
8	United Technologies, UTC	美國	13,460	22
9	Finmeccanica	意大利	12,530	57
10	L-3 Communications	美國	10,840	82

注： 上述全球首 100 大涉及軍事工業之企業，並未包括中國及其他缺乏可靠數據國家（如哈薩克）的相關企業。

▲ 2009 年 12 月，有示威者到 Lockheed Martin 英國總部門外抗議，反對軍備貿易。
（照片來源：Jules Mattsson from UK/CC BY-SA 3.0）

與一般人的想像有別，全球大部分的軍備貿易都是合法、獲得政府支持（如發出許可、補貼）的。英國外交部自 2003 年起每年發表人權報告，並於 2005 年開始在報告內「關注」某些國家的人權狀況（countries of concern）。在 2012 年的報告中，被關注的國家共有 27 個。然而，根據英國《衛報》（*The Guardian*）整理的資料，2011 年英國企業獲得政府許可，向該 27 個國家中的 19 國出口一定數量的軍備。

軍備貿易也是外交的一部分。為了保障石油進口，中國近年積極與非洲國家交好，方式包括出售軍備。例如，2005 年安哥拉出口 1,750 萬噸原油往中國，而中國則向安哥拉提供 8 架「蘇 27」戰鬥機及各類小型武器；又如在同年，中國向尼日利亞出售 12 部「殲 7」及 3 部「殲教 7」戰鬥機，總值 2.5 億美元，與此同時，兩國達成貿易協議，尼日利亞在 2005 至 2010 年向中國每日供應 30,000 桶原油。中國有名的軍工企業，如製造戰鬥機的中國航空工業集團，屬於中央企業，由中國國務院直接管轄。

數字在說話

聯合國設有裁軍事務廳（Office for Disarmament Affairs, UNODA），推動國際裁軍。諷刺的是，聯合國 5 個常任理事國乃全球主要武器出口國：

排名	國家	2000 至 2012 年出口金額（百萬美元）
1	美國	94,134
2	俄羅斯	78,742
4	法國	21,940
5	英國	14,082
6	中國	10,255

注：排行第 3 位為德國；美元金額按 1990 年價值計算。

上述 5 國數字，佔同期首 50 個武器出口國出口金額 72%。

提升：包括技術和殺人數字

輿論不再認為本國士兵的生命可以為達到特定目的而

◂ 現代戰爭中，平民佔死傷者的比例愈來愈高。圖為越戰期間受傷的越南平民，攝於 1966 年。（照片來源：美國國防部）

隨便犧牲，故必須將士兵置於安全距離，遠離傷害，因此「高精尖」軍備不斷發展，從機槍、肩托式導彈到戰鬥機，無不愈加精進。譬如，最新的紅外線導彈系統（IR missile system）已可預測並瞄準敵機將要出現的位置；近戰用步槍亦愈來愈講究射程、速度、準繩及威力。

然而，與技術發展並進卻是死傷增加——十之八九的受害者都是無辜的平民，而且通常不會是西方國家的平民。衝突中平民犧牲的比率，從 20 世紀上半葉的 50%，到 60 年代已上升至 63%，80 年代為 74%，至 20 世紀末已接近 90%。

國際人權組織指出：自 1989 至 2009 年，全球共發生 128 宗國內或國際武裝衝突，每年最少造成 25 萬人死亡；在 2004 至 2007 年，每年平均約 52,000 人死於武裝衝突，尚未包括因戰亂而死於流徙、飢餓和疾病的平民；估計在 1991 至 2002 年間，10 個國家中 60% 侵犯人權的行為，如拷問和任意逮捕，都涉及使用輕型武器（small arms and light weapons）。

目的在於殺人的各項技術，絕不應繼續升級。把財富花費在愈來愈尖端的武器上，並藉貿易將之擴散，並不會帶來任何和平。只有通過其他的手段，人類才可能獲得安全——包括公正的全球經濟、公平使用全球資源、接受文化多樣性、和解及尊重生命。

維護和平的手段

取代暴力的可能

欲弭兵 先抑軍備

戰爭並不是具效益的行為。1990 至 2005 年間，武裝衝突令 23 個非洲國家平均每年喪失 15% 國內生產總值，約抵 180 億美元。這接近 3,000 億美元的損失本來可作消除愛滋病威脅，並改善非洲人民的教育和健康。

而非洲戰爭中所用的武器絕大部分都是進口貨，它們在海外的軍工企業中生產，而這些企業又得到本國政府資助。政府為何要向根本生產不出任何有真正價格產品的行業給予資助呢？即使是扶持像生產可卡因和香煙這類產品的公司，也要比支持 Lockheed 和 BAES 這樣的公司有利可圖得多。生產軍備的設施應轉作生產其他有用的物品。

要消弭戰爭，首先必須禁止軍備的擴散，世界各國必須就此締結條約—— 2013 年 4 月，聯合國大會通過了〈武器貿易條約〉（*Arms Trade Treaty*），暫時獲 118 個國家簽署（其中 31 國正式批准），但條約卻有這樣的條文：「確認各國在常規武器國際貿易方面正當的政治、安全、經濟和商業利益。」條約並不否定武器貿易，只要求締約國建立出口監管制度，唯數個武器出口大國（也就是聯合國常任理事國）都不缺制度。

再理想一點，我們應致力建立一個不依賴武器和軍隊的世界。

▸ 2012 年 7 月，聯合國成員國在紐約磋商〈武器貿易條約〉，有團體在聯合國大樓旁設置假墓地，反對武器貿易。（照片來源：Control Arms/CC BY 4.0）

和平國家的模範

中美洲國家哥斯達黎加是個沒有軍隊的國家。1948 年該國總統約瑟 · 費加瑞斯（Jose Figueres）宣佈解散軍隊，將原先用於國防預算的錢投入到健康和教育部門，銀行、保險、鐵路及所有公用事業全部國有化，同時引入財產稅和社會保障體制，向婦女和來自加勒比海地區的移民賦予投票權。

1998 年，在哥斯達黎加和尼加拉瓜之間持續一個世紀之久的聖胡安河使用權爭議，突然再度爆發。但兩國並無訴諸武力，而是在 2 年耐心談判後圓滿解決問題。哥斯達黎加是唯一沒有遭受美國侵略和沒有美軍基地的國家。

在 2012 年「人類發展指數」中，哥斯達黎加排名 62，較巴西、土耳其和中國等經濟高速發展的「新興國家」高。

目前存在着這樣的趨勢：調停往往需時，致使動武不可避免。然而，在今日這個融電子、核、化學和生物為一體的時代，戰爭不再也不應是一個選擇。建立一種全新的觀念是必要的。

▲ 薩爾瓦多於 20 世紀末陷入長期內戰，甚至連青年都扛起武器。圖為 1990 年薩爾瓦多人民解放軍（ERP）的青年士兵。（照片來源：Linda Hess Miller/CC BY 3.0）

維護和平靠武力？

1990 年代，在肯亞東北部的 Wajir 地區，一些婦女組織起來，終止了氏族之間的武裝衝突。她們會與其他參與者組成小隊，迅速往爆發衝突的地方調停。

中美洲國家薩爾瓦多在 1980 至 1992 年間陷入內戰，大量小型武器流落民間。為了收繳民間武器，1996 年起，一個私人組織發起「以槍支換商品」行動（Goods for Guns），鼓勵民眾上繳武器，換取現金或可換領商品的現金券。至 1999 年，23 輪行動共收獲近 1 萬件武器及 13 萬發子彈。

不平等

20 世紀的遺贈

增長不等於減貧

這個世界並不缺少錢和食物，增長是沒有必要的。正是由於富國主導、操縱全球經濟與貿易，導致世界近一半人口每天僅靠不足 2 美元維持生活。

在 20 世紀，相比多數國家的赤貧，工業化國家累積了大量財富，當時，那些國家的政府和人民都認為一切是自然的事，然而實情是：世界 4/5 人口僅能依靠全球 14% 的財富勉強過活。

在 20 世紀，農業、科學知識和現代技術發展迅速，諷刺的是，那些最貧窮國家的財富卻減少了。世界上最富有的 255 個人，財富在 20 世紀最後 6 年裏幾乎增加了 3 倍，總資產相當於全球一半人口的全年收入。

時至今日，這樣的情況依然未變，最富有的 1% 人口擁有全球 40% 資產，同時有 50% 人口只能享有全球不到 1% 財富。現實令人遺憾。

我們總是不斷被告知，減少貧窮必須藉經濟增長實現。一個例子正好否決這種假定：1998 年，聯合國開發計劃署（UNDP）首次公佈 17 個工業化國家的「人類貧窮指數」（Human Poverty Index, HPI），排名愈前，代表貧窮比例愈少。榜首瑞典的人均國內生產總值，在 17 個國家中不過排名第 13；相反，美國人均國內生產總值雖排名第一，

數字在説話

一國收入最高的 1% 人，其收入佔全國收入比例的高低，也能反映收入的平均程度。所佔比例愈高，側面反映財富可能愈集中。以下是部分國家的數據（括弧為年份）：

國家	比例
美國	12.98%（1990） 19.34%（2012）
英國	9.8%（1990） 12.93%（2011）
挪威	4.28%（1990） 7.8%（2011）
瑞典	4.38%（1990） 7.13%（2012）
印度	7.42%（1990） 8.95%（1999）
南非	9.85%（1990） 16.68%（2011）
馬來西亞	9.19%（1993） 9.33%（2010）
阿根廷	12.39%（1997） 16.75%（2004）
哥倫比亞	20.48%（1993） 20.45%（2010）

以上數據或許表示，少數人賺取更多收入是全球趨勢，不分已發展或發展中國家。

其人類貧窮指數卻包尾，生活在貧窮線（個人可支配收入中位數的50%）以下的人口比例達 19.1%，為 17 個國家最高。

人類貧窮指數最後一次發佈在 2008 年。10 年過去，瑞典繼續在榜首，美國表現依舊：排名第 17（總共 19 個國家）。生活在貧窮線以下的人口比例輕微減少至 17%，但「半文盲」，即讀寫能力不足以謀生（lacking functional literacy skills）的人口比例幾乎沒有變化——1998 年公佈為 20.7%，2008 年為 20%。

發展中國家的情況

許多發展中國家的窮人，同樣未能從經濟增長受惠。全球化使發展中國家逐漸融入全球貿易和金融體系，但也導致收入分佈不平均惡化。資本能跨境流動，並藉金融交易迅速增值，突顯勞工相對低流動性、低增值的特點，並使他們在勞資關係中處於劣勢——如僱主可選擇往海外投資，減少本地勞工的工作機會。國際貿易需求、產業結構變化及科技進步，則擴大了高技術勞工與低技術勞工的待遇差異。

1990 至 2010 年間，發展中國家的收入不平等程度平均上升 11%，現時超過 75% 發展中國家的家庭，正處於收入分佈較 1990 年代更不平均的社會。收入不平等會造成教育、營養攝取乃至性別待遇的不平等，並反過來加劇收入不平等的情況。

40% 以上人口日均收入不足 1.25 美元的國家

注：採用 2002 至 2011 年間最接近年的數據推測。沒有數據的國家如津巴布韋、聖多美及普林希比不包括內（上述兩國有六成人口活在本國貧窮線以下）。

▲ 日均收入不足 1.25 美元是國際通用的「極端貧窮」標準，現時不少非洲國家的民眾仍生活在此標準之下。（資料來源：聯合國《人類發展報告 2013》）

世界經濟體系必定出現結構性問題，因為它聽任不平等繼續發展。在全球化下，自由經濟成為現今世界的信條，支持這信條的經濟學家始終相信，增長會緩解貧窮；支持這信條的政治家始終認為，有關照顧基層、援助窮國、消除債務和平等貿易的舉措，可能會與自由經濟理念相衝突。

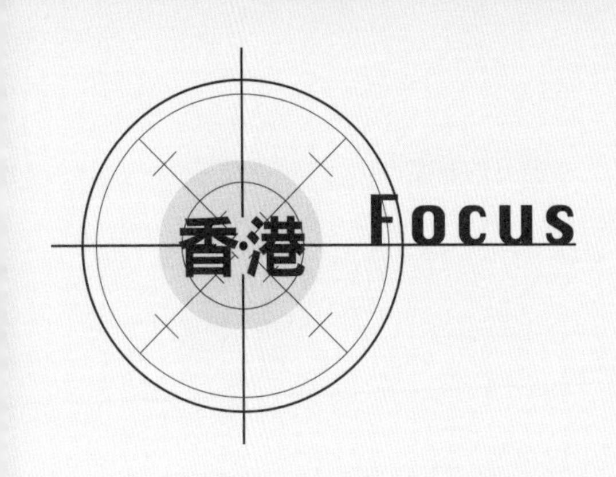

按社會服務聯會（社聯）數字，香港貧窮人口從 2001 年的 115 萬，上升至 2010 年的 121 萬；按 2013 年政府公佈貧窮線，2012 年貧窮人口達 131 萬。

根據政府統計處數字，2001 至 2011 年，在所有家庭住戶中，收入最高 10% 家庭的收入中位數增加了 20%，而收入最低 10% 家庭卻下跌 25%；2011 年，收入最高 10% 家庭的收入中位數，是最低 10% 家庭的 46 倍，在 2001 年僅為 29 倍。

再按統計處數字，香港堅尼系數從 1996 年的 0.518 升至 2011 年的 0.537，即使考慮除税及福利轉移的因素，堅尼系數仍然從 1996 年的 0.466 升至 2011 年的 0.475。也就是説，香港家庭收入的分佈長期高於 0.4 的警戒水平。

但是，在 2000 至 2013 年，香港本地人均生產總值從 20 萬元增加至 29.5 萬元。由此可見，經濟繁榮及財富增長，並未能減少貧窮和收入分佈不均的情況。

2013 年 9 月，特區政府頒佈官方「貧窮線」，以每月住戶入息中位數 50% 劃界，作為推行扶貧政策的依據。其實，這已是非政府組織如樂施會和社聯採用經年的標準，並無驚喜之處。而且貧窮線僅考慮入息（包括福利），不考慮資產、開支及負債，故可能會出現零收入、高資產的「貧窮人口」，或正領取社會福利的「非貧窮人口」。

僅靠一條線不能扶貧、滅貧。政府長年嚴守經常性支出維持在本地生產總值 20% 的信條，換言之，各種公共開支只能在該 20% 內分配，並衍生「以經濟發展惠及基層」的思維——只有

▲ 在旺角街頭拾紙皮的長者。本港不少貧困長者要靠拾荒維持生計。（照片來源：童傑提供）

經濟產值增加，公共開支才能相應增加。然而，社會福利開支只是經常性支出的一部分，而綜援作為「安全網」，其佔經常性支出的比例近年亦見下降，從 2005 至 2006 年度的 9.5%，跌至 2011 至 2012 年度的 8%。

另外，標籤效應使部分貧窮市民不願領取綜援，2009 年樂施會發佈「香港市民對綜援態度意見調查」可供參照：即使 85% 受訪者認同綜援可以幫助有經濟需要的市民，同時卻有近七成受訪者認為綜援會減低受助人的工作動力，六成受訪者更認為濫用綜援情況十分嚴重——儘管 2008 至 2009 年度 825 宗詐騙綜援個案，佔總體綜援個案不到 0.3%。

矛盾想法或源自根深柢固的觀念：人的經濟成功往往由於個人努力，而依靠社會福利的多為「懶人」。個人努力理應肯定，但社會制度及不同崗位的人的支援——當中不少人是低下階層——對促進「成功」也有功勞。偏頗、有失公道的觀念，一旦廣泛流佈，長遠亦會成為政府扶貧的障礙。

銀行

從來掐住你的脖子

如何「無本生利」？

如果你擁有 6 萬英鎊，開設一家銀行，然後將這筆錢借給想買房子的 A 君；A 君從 B 君手上買下房子，B 君將從 A 君所得 6 萬鎊存入你的銀行，於是你便擁有 12 萬鎊了，當然你同時還可以吸納存款，增加你放貸的本錢。如此周而復始，低息吸納存款，高息放貸，期間也可以用存款投資，或向客戶推出投資產品，繼續累積利潤。總言之，你借出的錢愈多，收取的利息愈多，這是為何銀行總是賺到很多錢——尤其在 20 世紀末金融管制放鬆之後。

現實中由政府製造的紙幣和硬幣只佔流通「貨幣」的小部分，各國不等。例如香港，2013 年公眾持有的法定硬幣和紙幣，約佔所有貨幣 3.2%；2012 年，紙幣和硬幣佔歐元區貨幣流通量約 9.8%、美國為 7.2%、瑞典則為 2.7%。在現金以外，其他的貨幣都是以上述方式創造的虛擬票據，也就是我們每天使用或視之為財富的「錢」。這些錢被銀行控制，如果我們想使用就得向銀行支付報酬（利息）。銀行平常必須保留的「儲備資金」，就是從淨利息中提留出來的，而這不會限制銀行創造資金的能力，不過是筆儲備金而已。

政府藉提高和降低利息控制貨幣供應量。利息低，人們傾向借入更多的錢，貨幣供應量上升，然後出現通貨膨脹，於是便要調升利息——於是正在為房屋供款的市民，急需頭寸周轉的中小企業，都會遭殃。這是政府強加我們身上的微妙折磨。要避免最壞結局，企業之間必須為生存激烈競爭，民眾必須努力保住工作，由於弱者必將傾家蕩產，人們根本別無選擇。

而且，即使你加倍努力工作，也不見得能減少債務，因為你可能要為真正擁有自己的居所，將收入的一大部分支付房屋貸款，甚至在你投身社會工作之前，也許就已經負擔：2012 年，25 歲的美國人當中，有 43% 背負着學生貸款，這一比例在 2003 年僅為 25%。

請為失德負責！

踏入 21 世紀，投機行為日漸失控，銀行業的風險管理意識淡薄。在房屋貸款領域中，銀行向信用評級差、需要較一般人支付更高利息的客戶借出愈來愈多的錢，稱為「次級按揭」（subprime mortgage），客戶無法還款的風險較高。2006 年，銀行批出次級按揭超過 6,000 億美元，佔整個按揭市場 23.5%，此比例在 1996 年僅為 9.5%，數目不超過 3,000 億美元。

為了分散風險，銀行將次級按揭混入一般的投資產品（住宅按揭證券），賣給投資者，通常被可惡地稱為「債券」，而投資者獲得的「債息」，其實是房貸借款人向銀行支付的利息。一旦借款人無法還款，住宅按揭證券便會喪失價值，令投資者蒙受損失。

投機者追捧使按揭證券大有市場，銀行甚至向無風險承受能力的市民推銷這類產品——當中又涉及前線銀行的高銷售目標與不良銷售手法。風險累積到某個程度，終於有金融機構承受不住宣告犧牲，危機更像海嘯般席捲全球各地和各個階層。

次級按揭的趨勢（1996-2008）

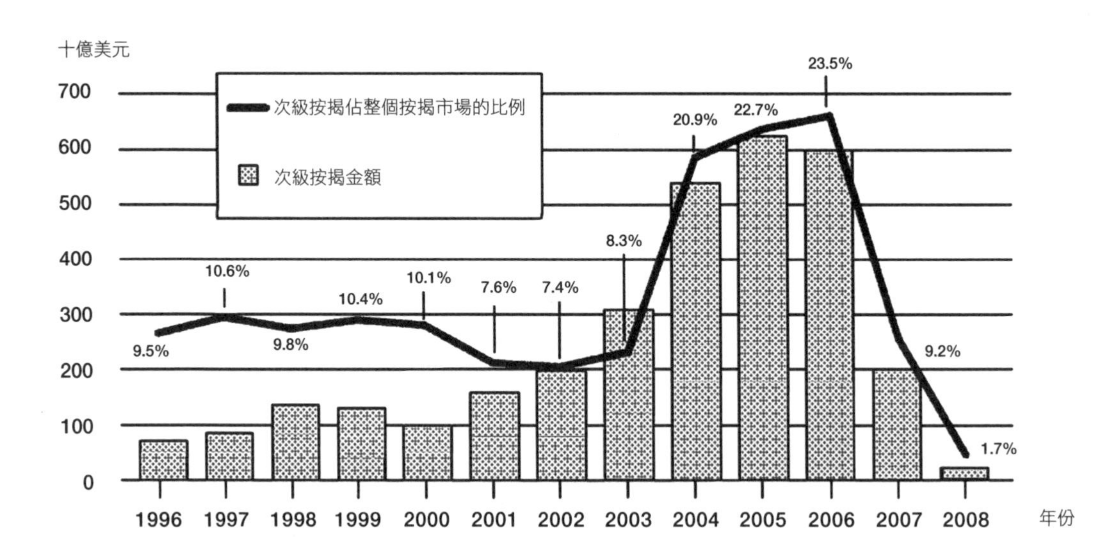

▲ 次級按揭的規模從 2002 年起大幅飆升，至 2006 年達到 6,000 億美元。及後樓價下降，利率上升，很多市民無力還款，銀行接管他們的房屋，另一方面收緊按揭，導致 2007 年以後次按規模萎縮。（資料來源：Inside Mortgage Finance）

這是銀行失德的惡果。金融海嘯令各國政府收緊金融監管制度，開始認真檢舉、處罰違規銀行。希望這些公正之舉能夠持續。

19世紀初，美國前總統傑佛遜．戴維斯（Jefferson Davis）曾說：「我相信，銀行體系對自由的危害，比敵人來得大。」在今日的貨幣制度與銀行體系下，投機者的財富能藉金融交易不斷增多，基層生活卻會受投機失控所連累；資金遊走全球，既促成銀行業繁榮，也為政府和個人帶來更多債務。這證明前人確有先知卓見。

追究責任的努力

根據彭博社（Bloomberg）整理的數據，截至2013年8月，美國最大的6家銀行自金融海嘯以來提留了近1,030億美元，作為律師費、訴訟費與和解費用的撥備。18家歐洲銀行已支付或提留的相關支出亦達到770億美元；2013年12月，歐盟反壟斷機構對6家歐洲銀行開出23億美元的巨額罰單，以懲處它們合謀操控銀行同業拆息（LIBOR）——那是全球逾300萬億美元證券的定價基準。

改變觀念？

一些反建議

索迪的比喻

英國皇家學會會員弗雷德里克 ・ 索迪（Frederick Soddy）是研究原子科學的先驅，是 1921 年諾貝爾化學獎得主。1926 年，他撰文表達對原子能發展的憂慮：「如果是在明天取得了這一重大發現⋯⋯那麼世上所有國家都會投入全部精力，將其運用到戰爭。」

索迪認為，科學力量會令經濟體制對自然界造成破壞，故他主張將科學思想運用到經濟學中。如果有一袋穀物，我們將之視為財富，而它是會減少的，因為穀物可能會腐爛或者被害蟲吃掉，最後一切化為塵土——這是熱力學第二定律；但如果將之視為「減少」，那用到的便是數學概念，將消亡了的財富化成概念（如債務），使它能反過來無限增長。

經濟學家認為，一個一切都會消亡的實物世界，正好與純數學概念的增長與複利相符。索迪表示，這種不科學的思想最終只會導致廢除債務、革命或戰爭。他將工業革命以來的發展稱為「浮華期」，期間人類不斷消耗珍貴的煤炭資源，但這只是暫時的，往後就會迎來另一階段——資金最大限度地流動。但發展是有限的。回顧過去，索迪的說法似乎有其合理之處。

杜斯威特的觀點

追溯歷史可以發現，各國的國內生產總值數字不斷增長，繁榮興旺，伴隨而來的卻是疾病和災難的爆發。英國經濟學家理查德 ・杜斯威特（Richard Douthwaite）對此發表了個人看法：

- 資本主義的存續仰賴經濟增長，各家企業必須不斷擴張。其影響到 1914 年體現為全球範圍內絕對權威的建立，不僅摧毀各國固有的文化傳統，更導致世界大戰的爆發。
- 農業和工業革命帶來的經濟增長，使英國民眾生活普遍變差，直至 1850 年之後才好轉，但那是經濟不景的結果。直至 1914 年，生活可能才恢復到 200 年前的水平。
- 英國人生活條件提高，是兩次世界大戰、大蕭條與 1945 年執政工黨實行再分配政策的結果。戴卓爾夫人（Margaret Thatcher）執政期間，卻通過提高投資者收益刺激經濟增長，使分配政策有利富人。
- 總之，經濟增長的跡象，反而代表多數人生活水平下降。它造成失業和勞動報酬下降，導致國家經濟權力的集中。1955 至 1988 年，英國生活質量逐年下降，比如失業人數增加、犯罪率上升。
- 直至 1955 年，如何加快經濟發展才真正困擾英國。從那時起，提高產品產量的方法導致慢性疾病大幅增加；為了增長，各家企業在完成全面評估前，便貿然採用新技術、新物質，例如氟氯碳化物及苯，最終造成環境災難。

衝擊體制的建議

杜斯威特認為，唯一可持續發展的社會首先應該是個穩定的社會，持續增長是不存在的。他甚至對當時的貨幣體制提出新建議——使用四種各具指定用途的貨幣：（1）用於國與國貿易的國際貨幣；（2）用於國內貿易的國內貨幣；（3）使用者自行支配的各式貨幣；（4）存款保值貨幣。

第一類國際貨幣應以溫室氣體排放量為基礎，即 ebcus（Emission-back-currency-unit），價值由溫室氣體「特許排放權」（Special Emission Rights, SERs）決定。現時各國貨幣的本質其實是債務，與實物無關，致使全球經濟狀態極不穩定；而 ebcus 的價值則基於各國溫室氣體排放量，排放少者可出讓 SERs，排放多者則使用 ebcus 向別國購買 SERs。藉着逐步減少 SERs 每年發行量，世界經濟將在地球可承受範圍內保持穩定。

第二類國家貨幣，主要用於國內買賣，但不能充當個人長期儲蓄存款，目標旨在流通。原則上人會花掉不能儲蓄的錢，這有助促進一國之貿易和就業。至於第三類貨幣，大意是可由使用者定義和劃定流通範圍，用以補充國家貨幣。最後的保值貨幣，僅限於資產買賣之用，若房屋和股票交易增加，則保值貨幣的價值與需求和國內貨幣相比便會上升，從而令個人儲蓄與國家繁榮緊密聯繫。

不論年代，新概念都有人提出。例如早於 1920 年代，大蕭條催生了「國民收入」此一概念，即由政府無條件地支付每位國民的收入，取代繁瑣的救濟金與免稅額制度，進而使人更樂於創造事物和提升個人技能。當然也有一些思想家指出應改進當前的金融體制——但或許現時需要的是全盤改變，而非小修小補。

一些可能是進步的想法

關於銀行

1920 年代，瑞典 JAK 銀行的 20,000 多客戶既不付息、也不收息，只須繳納管理費。訣竅是將存款數量與存款時間相乘後得出「存款點數」，並以之作為客戶的貸款額上限。如果客戶在償付貸款的同時存入相等數額的錢，則貸款額上限會提升至存款點數 8 倍——用意是獎勵，因客戶這樣做變相為自己建立了「儲備金」。只有還清貸款，客戶才可提取「儲備金」。這種平衡貸款及儲蓄的做法，使銀行和客戶都能免於貨幣市場的危機。這家銀行今日尚在營運。

關於貨幣

1930 年代大蕭條時期，奧地利小鎮 Wörgl 失業率高達 35%，地方稅收拖欠嚴重，市政會運作癱瘓。後來該鎮自行發行大量「輔助貨幣」：兌換時只能得到 98% 原價值，卻以全國通用貨幣作擔保；每個月還必須就輔助貨幣交納 1% 印花稅，這樣便促進市民使用而非持有它。市政會願意以輔助貨幣支薪，並接受企業以之繳納地方稅收，使新貨幣逐漸通行，經濟逐步復甦——直至 13 個月後中央政府以法律訴訟終止這種做法。

維繫社區

除了由政府直接管理

拉瑟：村民共榮之道

現代國家都有一個中央政府，總管所有權力，包括一切資金的發放——從社會福利金、扶貧基金到其他形式的補助。在印度，由於甘地思想的影響，現在印度各級政府都奉行這一原則：視農村一級地方社區為最基本的政府單位。

位於印度南部拉瑟（Lathur）的 75 個村莊，是生活在政府貧困線以下的地區，需要援助。但決定哪些人應該得到援助的，不是政府當局，而是每一個鄉村的居民（大約 100 至 300 人）。村民每年都會選出男女各 20 名，組成村民委員會，各人輪流擔任委員會的領導職位。

村民可向委員會申請貸款，由委員會批准，由政府撥款。而村民還款對象則是委員會，而非政府，從而令援助資金流入農村社區。農村社區可以建立一項基金，當基金達到一定數額，政府便能停止援助，讓村民借助基金管理農村（通常採用社區銀行的形式，由村民委員會管理）。後來，接近半數的鄉村已不需要任何政府援助。

其中一個管理要點，是保證村民委員會能遵守制度，基金不會被少數個人或政府組織侵吞、接管。為了做到這一點，村內每年舉行一次為期兩天的集會，既處理村務，也能使村民彼此交流。這就是甘地極力推薦的國家選舉制度之最底層，村民藉選舉村代表自決命運，而非暴力、文明的不合作政策，則賦予村民抵制腐敗、暴政的力量。

拉達克：快樂重於繁榮

1970年代起，海倫娜．諾伯格．霍奇（Helena Norberg-Hodge）在拉達克（Ladakh）地區考察超過16年。拉達克位於喜馬拉雅山區，是世界上氣候條件最惡劣的地區之一，全年結冰期長達8個月。她在當地記錄礦物資源的使用情況，發現居民除了向外界獲取鹽和茶以外，生活幾乎自給自足，他們趁夏季努力幹活，卻忙而不亂，而且十分歡樂，在冬季則慶祝各種節日，舉辦各式聚會。她總結拉達克經驗時曾經這樣說：

「也許，在拉達克上的最重要一課是怎樣獲得快樂。我學得很慢。直至很多年後我摒棄先入為主的觀念，便開始看到拉達克人歡欣笑語的本質：一種對生命真誠由衷的理解和讚美。在拉達克，我發現居民視和平及活着的快樂為與生俱來的權利。我看到，社區以及人與土地的緊密聯繫，可以豐富人的生命，這超過一切物質財富或者精密技術。我明白到另一種方式是存在的。」

由於文化背景不同，人類滿足基本需求的方式也有分別。任何一種需求的匱乏都會影響人類生存，缺乏食物固然會使人飢餓，但其他需求一樣重要。在富裕的社會，社會排斥可能導致人們犯罪，缺少情感或喪失地位則可能使人自殺。回到拉達克，全球化或許會帶給他們額外的收

數字在說話

為了促進可持續發展目標（SDGs，見〈一種矛盾〉）的制定，聯合國結集大學、研究中心和智庫組成可持續發展方案網絡（Sustainable Development Solution Network, SDSN）。2012年可持續發展方案網絡首次發佈《世界幸福報告》（*World Happiness Report*），就「幸福程度」為156個國家及地區排名。以下是2013年部分排名：

國家	排名	得分
丹麥	1	7.693
哥斯達黎加	12	7.257
美國	17	7.082
委內瑞拉	20	7.039
英國	22	6.883
台灣	42	6.221
日本	43	6.064
香港	64	5.523
中國	93	4.978
南非	96	4.963

入，但如果固有能滿足居民基本需求的文化遭瓦解，代之而來只能是資金、消費品以及氣候變化。

對政治家和官僚而言，人類基本需求只限於食物、健康和教育，僅看到經濟和商品，但那不過是實際需求的一小部分。他們未有考慮，忽略精神需求的經濟政策，可能令社會發展變得傾斜、混亂；他們未曾想過，小規模社區才能凝聚居民，使每個人都能參與區內事務，而這才貫徹民主精神。

就上頁表內排名而言：

- 美國未必較「死敵」、發展中國家委內瑞拉好多少。
- 傳統發達地區如日本、香港，未必是幸福之地。

2013 年人類發展指數（HDI）中，兩地分別排名 10 和 13。

- 新興國家如中國、南非經濟增長迅速，卻未能「買來」前列位置。

「幸福程度」主要計分項目包含客觀數字與主觀期望：

- 人均國內生產總值
- 社交支持（social support）
- 預期健康壽命（healthy life expectancy）
- 生活自決（freedom to make life choices）
- 慷慨捐款（generosity）
- 對腐敗狀況的看法（perceptions of corruption）

▲ 拉達克人的日常生活，攝於 1981 年。（照片來源：Hannes Grobe from Hannover, Germany/CC BY 3.0）

債務幾時休？

誰負責清償？

困擾已久：南方國家的外債

1898 年，美國佔領古巴，卻發現這個新殖民地欠了西班牙銀行大量債務。美國拒絕償付這筆「可惡債務」（odious debt），因為它是「以武力強加在古巴人民身上的，事前並未徵得他們同意」。

差不多 1 個世紀後，尼爾森 ・ 曼德拉（Nelson Mandela）領導南非人民推翻種族隔離制度並當選總統後，他和南非人民從前政府手中接過逾 180 億美元債務，國際貨幣基金組織（IMF）警告南非必須繼續還債。結果，本應用來重建家園的錢，最終還是送到曾經資助南非實施種族隔離政策的美國、英國和瑞士的銀行裏。這十分諷刺。

同樣例子發生在許多貧窮國家，例如在扎伊爾（1971 至 1997 年之剛果民主共和國），獨裁者蒙博托（Mobutu）在冷戰期間親近西方，獲歐美銀行大筆貸款。他統治該國 30 年，揮霍無度，下台後卻留給國民過百億美元債務。歐美國家堅持債務必須償還——難道這符合歐美倡導的民主價值？

根據 2001 年世界銀行《世界發展報告》，在 1998 年，中低收入國家的外債超過 25,000 億美元，逾 2,200 億美元由其中 29 個「重債窮國」（heavily indebted poor countries, HIPC）負擔。按照北方國家的觀點，他們向南方國家提供援助和貸款是為了幫助落後地區發展經濟，擺脱貧窮和疾病；而且，世界銀行還向南方國家派駐專業顧問，涵蓋公共衛生、教育和農業等範疇，向落後地區輸出現代科學技術。可惜出於腐敗或管理不善等原因，大部分南方國家只能白白把錢花掉。

相反意見認為，北方國家和世界銀行才是應該指責的對象，它們因為政治原因將錢借給那些不可能還款的國家。而且債務按美元計算，因此債務國內政愈糟，貨幣愈貶值，欠債金額便會相應增加，當然還要計算複利。故南方國家的債務總額，遠高於實際借款額。

另一種觀點：北方國家的欠債

要求長期欠債且債務沉重的國家還清一切是不現實的。世界銀行和國際貨幣基金組織聯同其他債權人，先後在 1998 和 2006 年推出債務免除計劃，旨在將重債窮國的債務降至正常水平——但做法實際卻是將應由銀行承擔的壞帳，轉由各國納稅人支付。譬如國際貨幣基金組織的資金來源，便來自成員國政府的「認繳」。

更重要的是，金錢不是財富的唯一形式，我們身處的自然環境也是另一種財富。因此，除了欠別人的錢，對自然環境的破壞也是另一種債務：

- 是誰大幅消耗地球的化石燃料、礦藏，以及森林和漁業資源？
- 是誰排放大量溫室氣體污染大氣，令氣候變化並帶來極端天氣和海平面升高？

數字在說話

所謂「可惡債務」，泛指獨裁者為維持個人統治、鎮壓異見借貸，並讓主權政府承擔的債務，多見於 20 世紀下半葉。遺憾的是，即使獨裁者倒台，由於負債者為主權政府，故債務會繼續由新政府和國民償付。

以下是廢除第三世界債務委員會（Committee for the Abolition of Third World Debt, CATWD）於 2012 年發佈有關「可惡債務」的數字：

國家	領導人（統治年份）	債務數目（十億美元）
印尼	蘇哈圖（1965-1998）	77
菲律賓	馬可斯（1965-1986）	21
埃及	穆巴拉克（1981-2011）	16
扎伊爾	蒙博托（1965-1997）	10
智利	皮諾徹特（1973-1990）	9
突尼斯	本阿里（1987-2011）	9
加蓬	奧馬邦戈（1967-2009）	2

・是誰從化學品中獲得巨大利益？這些化學品污染了食物鏈、土壤和砂石含水層。

南北國家的債務性質完全不同：南方國家欠北方國家的，是虛擬的金融資本，僅和北方國家發明的規則相適應；北方國家欠南方國家的，卻是真實且有限的自然資本，是經過數百萬年光合作用固定在地殼上的化石燃料，是太陽每天發出的恆定能量，是大氣使地球保持適合人類聚居的能力。錢債可以帳面抹消，自然卻難以修復，此乃北方國家欠南方國家的「生態債務」（ecological debt），特別是前者在後者身上攫取了許多自然資源，而後者抵禦天災和環境變化的能力又遠不及前者。

正如國際紅十字會（International Committee of the Red Cross）在2000年發佈的《世界災難報告》（*World Diaster Report*）中指出：「當債權人要求重債窮國繼續償付其外債之時，工業化國家也應對一項更龐大、長遠更有害的生態債務承擔責任。這項債務並無追討機制可強制償付，而最需要負責的國家往往最不可能承受後果。」北方國家應該承擔對南方國家造成持續性災難的責任，而方法只有與南方國家團結一致拯救地球。

自由貿易

誰的福音？誰的噩耗？

跨國企業的勝利

塔圖 · 穆塞尼（Tatu Museyni）在坦桑尼亞以種植咖啡為生。20 世紀最後 20 年裏，由於咖啡價格大幅下滑，使她全年收入不足 30 英鎊；另一邊廂，雀巢在年度報告中「感謝」低廉的農產品價格，使公司盈利創新高。2002 年起，國際咖啡豆價格逐漸回升，但真正受益的人是誰呢？

根據經濟學者拉吉 · 帕特爾（Raj Patel）的研究，現時跨國農業企業控制了全球 40% 食品交易：全球咖啡買賣不出 20 家公司、70% 小麥買賣由 6 家公司包辦、98% 包裝茶葉更由 1 家公司壟斷。他認為，食品從生產者流向消費者的過程存在「瓶頸」，食品的配送和供應只能由為數不多的企業把持。

長途運輸、加工等流程需要大量資本，而企業規模愈大，運輸和加工的產品愈多，才能壓低平均成本。結果，食品的配送、供應環節，遂被大型跨國企業壟斷，並同時控制生產者的收益（收購）和消費者的選擇（販售）。

時至今日，跨國企業主持大約 80% 國際貿易，而約 60% 全球貿易是半製成品和中介服務的交易，金額超過 20 萬億美元，且涵蓋最終成品和服務不同階段的生產過程。北方國家和跨國企業力陳上述發展能鼓勵發展中國家參與全球貿易，對增加產品和服務價值的貢獻日益增加——儘

數字在說話

2002 年，1 公斤咖啡豆從烏干達到英國的價格轉變：

咖啡農→當地中間商：
14 美分

中間商→當地加工廠：
19 美分

加工廠→當地出口商：
26 美分

出口商定價：
45 美分

抵達倫敦雀巢咖啡處理廠：
1.64 美元

經雀巢咖啡處理廠烘焙後：
26.4 美元

管多數較貧窮的發展中國家仍以出口天然資源為主。

這種狀況使跨國企業能夠壓低生產成本（向消費者出售更便宜的商品），在全球獲得更多顧客（包括從窮國人民身上賺取更多利潤），並將生產設施建於勞工與環保要求較低的國家。自由貿易是一種專為跨國企業而非窮人利益服務的機制。

世貿下的犧牲者

本來，為免全球貿易向北方國家傾斜，各國聯合組成世界貿易組織（World Trade Organisation, WTO），旨在制定可靠而公平的貿易規則。可是，由於世界貿易組織意欲削弱主權政府對全球貿易的影響，因此推崇自由貿易，卻反使受惠於自由貿易的北方國家和跨國企業更具優勢：無論是應付訴訟的能力，或者向國內生產者提供補貼的財力——世界貿易組織並非要取締補貼，只是就補貼分類及設定上限。

另外，為保障貿易自由，開放市場遂成信條，具體表現於貿易壁壘如關稅、出入口限制的放寬甚至取消。開放農產品市場是世界貿易組織首重的項目，引起的爭議也最多，因為北方國家不欲南方國家發揮比較優勢，同時不願放棄對本國農業的高額扶助。

悲劇最終發生了。2003 年 9 月 10 日，當世界貿易組織部長級會議於墨西哥坎昆（Cancun）舉行時，南韓農民李京海在示威地點

▸ 南方國家的勞工反對世貿，他們認為自由貿易帶來的競爭並不公平，導致勞工被剝削。（照片來源：童傑提供，攝於 2005 年 12 月，時值世貿第 6 次部長級會議於香港舉行。）

▴ 示威者：「自由貿易不是公平貿易！」（照片來源：童傑提供，攝於 2005 年 12 月，時值世貿第 6 次部長級會議於香港舉行。）

大喊「WTO 逼死農民」後當場自殺，及後身亡。由於南韓政府決定取消澳洲牛肉的進口限制，因此鼓勵本國農民貸款，以增加養牛數目，抵消開放市場導致生牛價格下降（使農民收入減少）的影響，經營牧牛農場的李京海接受了政府的建議。然而，牛肉價格一直很低，李京海最終因無力貸款，失去了農場，成為他自殺的關鍵。李京海面對的困境，並非個別例子。

自由貿易的擴張，令本國中小農民面對更多外來競爭。由跨國企業生產和經銷的農產品、世界貿易組織的貿易與市場法規，以及政府執意開放市場，令中小農民更難預測價格，也缺乏應對手段，只能藉增加產量提高收入。生產者的競爭會讓消費者受惠，競爭失敗的生產者則被淘汰，遺憾的是，這正是自由貿易的基本精神。

北方國家要滿足國內龐大的生產和消費需要，必須從南方國家進口原材料；北方國家生產了大量的產品，必須向南方國家出口過剩的部分。當然，此進程同時惠及南方國家，但不是全部人：發展中國家的上層人物愈見富裕，而下層民眾卻陷入更嚴重的貧困。

開放市場

如果雙方不對等的話

FTA：弱勢一方的處境

根據〈關稅及貿易總協定〉（*General Agreement on Tariffs and Trade, GATT*），個別 WTO 成員國之間可以自行簽署地區性的〈自由貿易協定〉（*Free Trade Agreements, FTA*，亦可稱 *Regional Trade Agreement, RTA*）。截至 2014 年 1 月，世界貿易組織接獲 583 條〈自由貿易協定〉的通告，其中 377 條已經生效。

然而，簽署〈自由貿易協定〉的各方，經濟實力未必對等，1994 年生效的〈北美自由貿易協定〉便是典型例子。該協定由美國、加拿大及墨西哥共同簽訂，它是首個把富裕國家與相對較貧窮國家結合的協定，並且包括農業方面的協議——使得墨西哥農民被迫與全球生產力最高，且獲政府大額補貼的美國農民競爭。

種植玉米的小農處境最為不利。拉吉 ‧ 帕特爾的研究指出，協定簽署時，墨西哥 60% 耕地都種植玉米，涉及 300 萬農民生計（佔墨西哥人口 8%），但美國產玉米的價格甚至低於成本，如 2002 年美國玉米售價為每蒲式耳（bushel）1.74 美元，成本卻是 2.66 美元，因為美國政府長期支持本土農業，補貼機械、肥料、貸款和運輸成本。

更糟的是，協定生效後，墨西哥披索一直貶值，玉米的實質價格不斷下跌，而國內玉米小農只能增產以維持生計，部分更被迫放棄務農，往城市甚至外地謀生。最差的情況是自殺。

協定本來賦予墨西哥迴旋空間，因為開放玉米市場的條件是墨西哥政府可在 15 年內（1994 至 2008 年）逐步改變本國玉米與國際玉米價格的差異，並可對超過進口限額的美國玉米課税。可是，在1994 至 1998 年間，當美國玉米進口量超過限額時，墨西哥政府並無課税，理由是壓抑通脹（玉米價格）。

反服貿：台灣的處境

2014 年 3 月，台灣總統馬英九面臨上任以來最大的政治壓力：在野民進黨及示威學生佔領立法院，抗議執政黨國民黨試圖一籃子通過〈海峽兩岸服務貿易協議〉（簡稱「服貿」），拒絕履行逐條審查的承諾。

事件源起，更多涉及政治，包括：（1）2013 年 6 月，國民黨向立法院提交服貿存查之初，被揭發協議談判過程不透明，未公佈細節；（2）國民黨無視 2013 年 6 月與在野黨協商的結果（同意逐條審查、表決服貿，拒絕自動生效），於 2014 年 3 月單方面宣佈服貿已交立法院存查。

除了程序爭議，服貿亦引起台灣民眾對大陸資本湧入的疑慮。舉例說，台灣 2002 年加入世界貿易組織後，大陸製毛巾以台灣毛巾 1/3 的價格傾銷入台，台灣毛巾工廠由高峰期逾 200 家，減少至 2010 年的 30 多家，產量由超過 25 億條跌至不足 2 億條。反對的人認為兩岸經濟規模懸殊，服貿生效後，類似情況或於台灣服務業擴散。

受制於「一個中國」，台灣外交處於劣勢。不計中國大陸，現時台灣僅與 5 個中美洲國家（巴拿馬、薩爾瓦多、危地馬拉、尼加拉瓜及洪都拉斯）及紐西蘭簽訂了自由貿易協議，唯佔台灣出口額不足 1%。

▸ 哥查本巴反對水務私有化的標語，上書西班牙文意思為 Water for All。（照片來源：Not Just Drops）

私有化：強加的開放措施

如果說世界貿易組織推動自由貿易代表自願開放市場，那麼世界銀行鼓吹的手法相對強硬：私有化（privatization）。在 20 世紀最後 20 年，世界銀行大力提倡私有化，其原理可簡單解釋為：國營經濟、由政府管理生產和貿易，會導致低效率、高成本、浪費與風險管理不善等毛病。要刺激生產力，加快經濟發展，政府應減少控制經濟，並向私營企業開放生產和貿易。換言之，是放開國家壟斷，讓市場「自由化」。

這套原理針對當時經濟不穩且負債龐大的發展中國家。不過，世界銀行採取強硬手段，將借貸或免債與私有化和開放市場綑綁起來，而且要求很高，結果產生不少失敗例子，其中最有名的發生在南美國家玻利維亞。

哥查本巴（Cochabamba）是玻利維亞第 3 大城市。由於鄉郊人口遷入和供水系統落後，該市用水長年不足。1990 至 1997 年間，世界銀行嘗試藉一貸款項目（名為 Major Cities Water and Sewerage Rehailitation Project）改善 3 個玻利維亞主要城市的供水及污水處理設施，哥查本巴是其中之一。

供水方面的具體方法，是世界銀行投資於 3 個城市的市政府水務公司，改善水務設施。然而，與其他 2 個城市相反，項目在哥查本巴宣告失敗：獲供水家庭所佔百分比從 70% 下跌至 60%；完成接駁的管道不足原定的 1/6；每日僅可供水 4 小時；食水流失率維持在 40%。哥查本巴居民仰賴小型水務公司修建的電泵，抽取井水使用，價錢約為每月 2 至 5 美元。

由於上述項目失敗，世界銀行採用更進取的手段。1997 年，世界銀行把玻利維亞 6 億美元的債務寬免，與哥查本巴供水服務私有化綑綁起來。同年，市政府水務公司收歸中央所有；1999 年，玻利維亞政府將修築新水庫兼 40 年供水專營權的合約，判予 Aguas del Tunari，此乃一家由美國建築公司 Bechtel 與意大利能源公司 Edison 聯合持有的企業。

為了應付建造水庫的開支，Aguas del Tunari 大幅提高水費至每月 15 美元，此舉激起哥查本巴居民的反抗——當時哥查本巴法定的最低工資僅為每月 60 美元。2000 年初，數萬名示威者封鎖高速公路，中斷該市對外交通，政府宣佈戒嚴，並出動警察和軍隊開槍鎮壓，卻使示威浪潮加劇。最終玻利維亞政府迫於壓力，取消合約，結束私有化計劃。

2002 年春季，世界銀行工作評估部（Operation Evaulation Department）發表摘要，回顧玻利維亞水務私有化，直指「私有化不是萬靈丹」（privatization is not a panacea）；同樣地，墨西哥的例子也說明，自由貿易不一定促進共榮。重點在於開放市場的雙方，經濟實力是否對等。

▲ 水務私有化至今仍在多個地方引發爭議，如菲律賓政府於 2012 年通過法令，要求尚由地方政府經營的水務公司改為「公私合營」。圖為三寶顏市水務公司工會抗議水務私有化。（照片來源：BAYAN from Zamboanga City, Philippines）

放眼到他方

其他抗議水務私有化例子

世界銀行曾拒絕免除加納的債務並停止向其提供資助，直至該國供水服務行業實現私有化為止。反對者組成「全國反對供水私有化聯盟」（National Coalition Against the Privatisation of Water）對抗。

一家法國公司獲得在阿根廷一個農業省份經營供水服務 30 年的合同。後來，該省水費上漲了 2 倍，而且水未經淨化。省內居民以拒絕付費的方式迫使該公司撤走。

土壤與作物

出了甚麼問題？

不堪大量生產

1 茶匙正常的土壤應該是這樣：含有 10,000 多個物種的 10 億個微生物；有蚯蚓和其他昆蟲疏通土壤，並將腐爛的動植物殘骸轉化成腐殖質；細菌、真菌、原生動物和水藻再將腐殖質轉化成各類營養素，如礦物質、蛋白質、碳水化合物和糖——植物可吸收多達 10,000 種以上述自然方式產生的化合物，有助它們免受害蟲和疾病的侵害；土壤中的菌根，即生長在植物根部的白色細絨毛，能幫助植物吸收水分和營養。

土壤肥力是農業的根本，但工業化耕作產生了「稀釋效應」(dilution effect)。投放化肥、灌溉工程及其他環境措施，以及改種高產的新品種，雖然提高了整體產量，單位農作物的營養價值卻降低。

一項研究指出，1940 至 1991 年間英國出產農作物的礦物質含量呈下降趨勢，28 種蔬菜的鈉、鈣及銅含量分別下降 49%、46% 和 76%，17 種水果的鈉、鐵及鉀含量分別下降 29%、24% 及 19%。另一項研究則指出，在美國愛荷華州及加州種植的 45 種人工栽培玉米，所含蛋白質、油分和 3 種氨基酸於 1920 至 2001 年間下降了 8% 至 13%

▲▶ 元朗河貝村一有機農場的種植情況

▲ 一般肥料使用過量也會危害環境，圖為 2003 年法國北部城鎮 Hondeghem 受硝酸鹽污染的水。硝酸鹽是其中一種氮肥。（照片來源：F Lamiot from France/CC BY-SA 4.0）

農用化學品之禍

人工合成化學品也破壞了土壤的質量，其中 POPs（persistent organic pollutants，持久性有機污染物）及 EDCs（endocrine disrupting chemicals，內分泌干擾素）更會危害人類健康。

POPs 能夠長年殘留於自然環境，難以降解，且能經土壤、水和空氣廣泛散播。主要的 POPs 有 12 種，多可用作農業殺蟲劑、殺菌劑和除草劑，例如艾氏劑（aldrin）可殺滅玉米根蟲；滴滴涕（DDT）廣用於消除棉花的蟲害；六氯苯（HCB）是殺真菌劑，多用於預防小麥黑穗病；二噁英（dioxin）則常見於除草劑。

然而，POPs 毒性強、長效，容易經農作物進入食物鏈，並在生物的脂肪組織中累積，因此食物鏈頂層生物（也就是人類）體內的 POPs 水平會較高。POPs 會致癌，攝入高劑量的 POPs 更可直接令人畜死亡。2004 年生效的〈斯德哥爾摩公約〉（*Stockholm Convention*），就是為了在全球禁止或限制 POPs 的生產和使用而設，締約國正研究將更多 POPs 納入公約禁限，例如在 2011 年納入公約的常用農藥硫丹（endosulfan），便規定只能用於個別作物的特定蟲害，主要是蚜蟲。

12 種主要 POPs 中，有 5 種同時是 EDCs。EDCs 會改變內分泌系統的功能，可損害生殖系統，如導致男性天生患上隱睪症（睪丸位置不正常）；它也能導致兒童提早踏入青春期：200 年前，女性首次月經的年齡大約是 17 歲，至近數十年已大幅提前至 13 歲。

自1950年以來，所謂「綠色革命」增加了農作物產出和農業灌溉量，但其基礎十分脆弱，且漸見端倪：農作物營養下降、殘留化學品遺害人類，以及往後會提到的「超級」害蟲和野草。我們期待以科學扼制這些趨勢，實情卻恰好相反。

蜜蜂失蹤：殺蟲劑「殺錯良民」？

地球上3/4的植物都依賴動物授粉，主要由蜜蜂負責，故牠們肩負繁殖農作物的重任。在美國，約1/3食物的產出都與蜜蜂有關。

然而自2006年11月起，從美國開始，全球多個國家都湧現養殖蜜蜂失蹤的報告：失去蹤影，很少甚至沒有屍體。此現象被稱為「蜂群崩壞症候群」（Colony Collapse Disorder, CCD）。美國一項調查顯示，2006年9月至2007年3月，美國蜂農因蜂群崩壞症候群平均損失38%蜂群。

現時科學界對蜂群崩壞症候群的成因尚未有定論，但殺蟲劑廣泛使用被視為禍源之一。1990年代初期，法國農夫開始採用新煙鹼（neonicotinoid）類殺蟲劑，後來便出現蜜蜂失蹤的現象，令法國政府禁止該類化學品的使用。法國一項研究指出，蜜蜂暴露於新煙鹼類殺蟲劑中會出現蜂群崩壞症候群的症狀：記憶喪失、迷失方向及認知障礙——很可能令蜜蜂無法回巢。2013年4月，歐盟宣佈臨時禁令，禁止成員國使用3種新煙鹼類農藥，為期2年。

基因改造作物

與「孟山都」之惡

美好願景落空

在使用化學品之始，農產量確實大幅增加，唯後遺症也慢慢浮現：殺蟲劑、除草劑同時殺滅益蟲和正常作物，其毒性更會殘留在農作物和土壤，並經食物鏈傳遞至其他動物和人類。這給跨國農業公司孟山都（Monsanto）推銷基因改造作物的空間。

基因改造（GE, genetically engineered，或 GM, genetically modify）作物的一大願景是：運用生物科技抑制害蟲和野草，在增加農作物產量之餘，同時能減少使用殺蟲劑和除草劑。

自 1990 年代，孟山都出售兩大類基因改造種子，第一類是 Bt 作物。Bt 是蘇力菌（Bacillus thuringiensis）的簡稱，能產生毒素（孟山都稱之為「可生物降解的蛋白質」），是天然殺蟲劑。孟山都將蘇力菌的基因加入多種農作物種子的基因中，令相關作物具備殺死個別害蟲的能力。

另外就是 roundup ready 作物。經過基因調整，這類作物對孟山都的著名產品 roundup 除草劑（1976 年起發售）有抵抗力。也就是說，種植 roundup ready 作物，便可繼續使用 roundup 除草，同時大幅減少除草劑對正常作物的損害。

基因改造作物是否達到其聲稱的目標呢？現時已有 8 種昆蟲對 Bt 毒素產生抵抗力，包括馬鈴薯害蟲科羅拉多金花蟲及專攻十字花科植物（如花椰菜和捲心菜）的小菜蛾；另外，至少 10 種耐 roundup 的野草正在美國至少 22 個州橫行，包括豚草和加拿大蓬，

▲ 標語：「貪婪企業孟山都的魔鬼種子。」孟山都的技術令基因改造作物與農藥掛鈎，農民一旦種植，不僅要每年購買種子，還要面對品牌農藥日漸失效的風險。（照片來源：Viriditas/CC BY-SA 3.0）

▲ 2013 年 5 月 25 日，全球逾 50 個國家爆發反對孟山都及基因改造食品的遊行。僅在此前兩天，美國參議院否決了強制基因改造食品貼上標籤的法案。（照片來源：Rosalee Yagihara from Vancouver, Canada/CC BY 4.0）

主要影響大豆、棉花及玉米的種植。

Bt 作物於生長期間持續放出毒素，害蟲長期暴露其中，會逐漸對毒素產生抵抗力；至於 roundup ready 作物，則鼓勵農民使用單一殺蟲劑 roundup，放棄其他繁複的非化學除草方法，加上長年栽培單種作物，形成有利野草生長和培養抵抗力的環境。最終形成「超級」害蟲和野草。

即使基因改造作物發揮正常功效，也非從此無事。中國自 1997 年起引進 Bt 作物，農民最初發現農藥用量大大減少，但至 2004 年，農藥用量較種植 Bt 作物之初提升了 3 倍，幾乎跟種植傳統（非基因改造）作物一樣。因為原本的害蟲數量減少，讓另一種不受蘇力菌影響的害蟲找到生存空間。

霸權下的無底深潭

2010 年 10 月，孟山都首次向採用旗下除草劑的大豆農回贈補償金，並增加補償棉農的金額，以「資助」他們同時使用更具殺傷力、包括敵對品牌在內的除草劑，以抑制超級野草的生長——金額僅抵 25% 至 35% 額外殺蟲劑開支。那麼，為何農民仍要種植孟山都的基因改造作物？

孟山都的 roundup ready 種子，壟斷了美國 90% 大豆，以及 70% 玉米和棉花的種植。一些供對照的數據包括：2009 年，美國 93% 大豆、93% 棉花和 80% 玉米皆由基因改造種子種植；2013

年，全球 40% 基因改造作物由美國種植。

2009 年，印度種植 Bt 棉花的農地接近 840 萬公頃，佔全國棉花農地 87%。在當地，孟山都佔有 95% 棉花種子市場，並控制了 60 家種子公司。

上述例子顯示，農民一旦種植基因改造作物，便註定選擇不多。而孟山都為了維持壟斷，只能研究更強力的基因改造作物。例如，2010 年孟山都承認在印度發售專門對付螟蛉（bollworm）的 Bt 棉花 Bollgard 已漸失效，並因此出售第 2 代產品 Bollgard II。這是個無底深潭。

孟山都擁有超過 1,600 項種子、植物和農用工具的專利，善於利用知識產權保障自身利益，例如控告農民盜種孟山都的基因改造作物。然而所謂盜種根本難以避免，由於植物雜處，同種或近親種之間時有互相授粉，一旦基因改造作物向傳統作物授粉，便會污染傳統作物，使其後代帶有基因改造作物的基因（而基因改造種子經基因改造後已絕育，農民必須每年購買）。例如盛產油菜的加拿大，於 1996 年引入基因改造品種，幾乎全境遭到污染，現已無法種植傳統油菜，並失去歐洲的出口市場——因為歐盟嚴格限制基因改造作物的種植和進口。

關於基因改造作物的爭議尚有很多，譬如進食基因改造作物對人體健康的影響，以及為基因改造作物貼上標籤等等。其實，基因改造作物代表孟山都等企業嘗試強加給我們的生活方式，對自然界的影響也很可能難以消除。為了扭轉困局，部分人返璞歸真，提倡有機農業。

中國

中國農業科學院一支研究團隊在中國北部6個產棉省份共38個地點考察，研究種植Bt棉花對害蟲控制的影響。結果發現，本來作為棉花次要害蟲的盲蝽象（mirid bugs），數量於1997至2008年間增加了12倍，那是因為Bt棉花雖能殺滅主要害蟲螟蛉，卻不對盲蝽象起作用。農民也因此重新起用殺蟲劑，用量已上升至引入Bt棉花前的2/3。

美國

種植抗除草劑作物令美國農民依賴草甘膦（glyphosate，孟山都以roundup之名推出的除草劑），最終使除草劑用量在1996至2011年間增加了2.4億公斤，大豆佔了其中七成增幅。

阿根廷

在阿根廷，roundup ready大豆佔該國大豆種植的比例，從1996至1997年的2%，急升至2007年接近100%。然而，廣佈於阿根廷的野草約翰遜草（johnsongrass）對roundup有很強的抵抗力，部分甚至能抵受較正常高3.5倍的用藥量。農民只能採用「雞尾酒療法」：同時使用殺傷力更強的除草劑。

有機農業

除了拒絕化學品，還有……

工業化農業對自然界而言是種侵害：拖拉機把泥土壓實，除草劑破壞了腐殖土，殺蟲劑殺死了微生物、昆蟲和自然界的食肉動物，後來發明的基因改造作物更帶來了超級害蟲和野草，以及基因改造作物污染傳統作物基因的問題。如果農業科學家應為農產量提高居功，那麼他們也應為其造成的悲劇負責。有機農業則被支持保育的人視為拯救方案。

要是說種植基因改造作物的數量未成氣候—— 2007 年，全球逾 1 億公頃農地種植基因改造作物，佔總體農地不足 3%（佔耕地則逾 8%）——那麼有機農業的發展可能更甚，因為同樣在 2007 年，全球獲認證的有機農業區域佔地 6,500 萬公頃，但已包括種植作物、放牧和採集野生材料的農地。

古巴被視為有機農業的成功範例。蘇聯解體後，古巴損失 80% 的貿易，無法進口化學肥料與燃料，農業生產停頓導致饑荒爆發。古巴的對策是，將 40% 國營農場改組成合作型農場，餘下則劃分為個體農場，並推廣有機農業，例如使用生物肥料、蚯蚓和堆肥，以及將耕作結合放牧等。

種植天然、無化學品和非基因改造的農作物，並非有機農業的唯一目標。在台灣，真正奉行有機種植的農地面積，佔總體可耕地面積不足 1%，但在當地種植、推廣有機農產品的農民，卻視有機農業為一場改善生活甚至社會的變革：

· 拒絕不健康食品

超級市場出售的商品可多達上萬種，貌似選擇眾多，但當中不少是添加了香精、防腐劑的加工食品，又或使用了基因改造原料的食品。製造這些食品須經過繁複的工序，用上大量技術，食物從農場到餐桌的里程很長，卻不利健康。有機農業的要旨就是拒絕不健康食品，代之以天然健康的食物，鼓勵消費者重掌糧食自主權。

· 讓消費者直接聯繫生產者

把食物當成商品，便要遵從「利潤最大化」的原則，必須大量生產才能降低平均成本和售價，最終造成農業中投放農藥、化肥以至種植基因改造作物等狀況。有機農業的理想之一，是擺脱現行依賴中間商、零售商的市場機制，讓消費者跟農民直接對話，得悉食物來源和生產方法，進而將食物體系變成互相支持的社群關係，抗衡食品製造商的不良生產模式。

· 打破被壟斷的食物體系

在超級市場售賣的食品，背後是跨國企業、資本家建立的流通體系，決定了消費者可以選擇的食物和生活方式。有機農業希望幫助消費者繞過壟斷食物體系的中間商（也就是拉吉 · 帕特爾所説的「瓶頸」），扭轉物流主宰消費者的現狀，最終改變消費者心態，使他們自覺地選擇天然食物，過更健康的生活。例如，放棄超級市場的「眾多」選擇，購買合作社出售的數百種有機農產品，箇中邏輯

▾ 除了台灣，有機種植也漸受港人注意，並陸續出現大小農場和園圃。圖為香港兆基創意書院天台的有機園圃。（照片來源：賴家俊提供）

便是：想吃得健康，便要吃得少，只挑好的吃。這樣不僅縮短食物從農場到餐桌的里程，也可減少浪費。

踏入新世紀，有人開始意識到：我們從自然界承襲的固有財產正處於危急狀態。少數人的長時節約，多數人尚未明瞭。但是，只要重新審視碗中糧食，便可以發現人類與環境的關係——有機農業所憑依者，正是這份覺醒與良心。

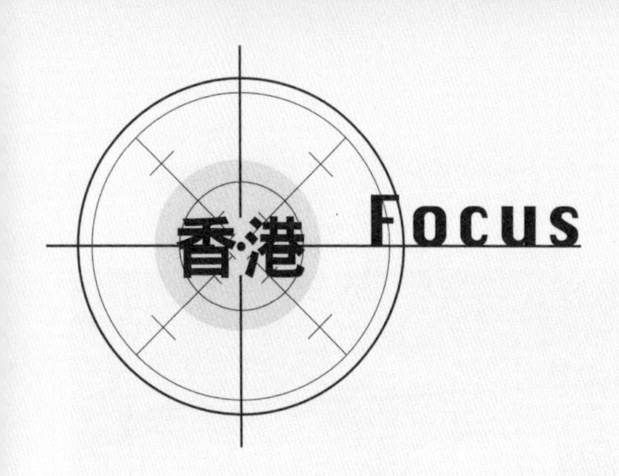

現時港人每日進食蔬菜的數量多達 2,000 公噸。不少菜市場、超級市場都出售有機菜，它們標榜不含農藥，價格也較一般蔬菜昂貴——當中有多少屬「正貨」呢？

非牟利機構香港有機資源中心於 2008 年起調查街市菜檔售賣的有機菜。2014 年的調查涵蓋 90 個街市共 440 個菜檔，結果發現，93 個菜檔的商販聲稱出售有機菜，僅 21 檔商販的有機菜獲第三方認證，當中超過 85% 認證由香港有機資源中心發出，其他有機認證包括美國農業部認可標籤及中國有機產品標籤。

有機資源中心獲蔬菜統營處撥款，負責建立本地有機產品的認證系統和標準。截至 2013 年，全港約 460 個有機農場，大概 1/4 得到有機資源中心認證。香港法例對「有機」一詞未有定義，未能監管市面發售的有機菜，因此中心每年派員巡察有機農場，檢視其生產方法是否符合標準。由於不少有機農夫原先種植傳統作物或養殖家禽，巡查和認證可協助他們掌握有機耕作的正確方法（如利用馬糞堆肥、採用無污染山

數字在說話

以下是一些關於香港農業種植的數字：

- 2011 年香港農地面積約 5,000 公頃，較 50 年前 13,000 公頃下跌逾半。
- 2012 年，本港約 3,800 公頃耕地荒置（棄耕），佔總農地面積超過 80%，有生產力的耕地僅約 730 公頃。
- 1999 年，本地蔬菜產量達 4.8 萬公噸，佔總食用量（自給比率）11.7%，此後數字大幅下滑。至 2012 年，本地蔬菜產量僅 1.63 萬公噸，佔總食用量僅 1.9%。但在這期間，港人蔬菜食用量增加超過 1 倍。

▲ 攝於大埔農墟。該農墟由新界蔬菜產銷合作社有限責任聯合總社（簡稱「菜聯社」）經營，是香港數個出售有機蔬菜的農墟之一。（照片來源：賴家俊提供）

泥等），提升消費者對相關產品的信心。

那麼，沒有認證的有機菜就是假貨？本港有機農場數目近年持續增加，產量從 2010 年每日 3 公噸，上升至 2013 年每日 5 公噸，當中除了認證農場，也有其他無認證的新界農場出產的有機菜。

並非所有有機農夫都同意認證制度。有經營無認證有機農場的人認為，農民向第三方申請認證，是確認生產者與消費者不相往來的做法，而理想的有機農業應該讓兩者直接對話，建立信任，進而令市場關係變成社區關係。

這種概念稱為「社區支持農業」（community supported agriculture, CSA）。農夫種植作物時，除了不使用農藥、化肥，還要運用間種、種植香草吸引益蟲等方法，以建立生態系統。此外，還要為農業建立可持續的循環——農夫種植和出售作物，市民直接向農夫購買作物，並將剩餘資源交給農夫循環再用（例如廚餘堆肥等），以支持農夫生產。

然而，宏觀來說，有機農業或社區支持農業在香港仍屬微弱呼聲：每日出產 5 公噸有機菜，佔全港蔬菜總供應量不足 1%；本港有機農場面積大多數都很小，產量和風險承受能力有限，難以降低產品售價；政府輕視農業發展，有機農夫缺乏固定、可長期耕作的土地，土地租約多以月數為單位，影響投資意慾……

人口

是多還是少？

一直以來，不論是否有意，人類都在改變自然環境。土壤退化、過度捕魚和獵殺動物、空氣污染、水資源污染和短缺等問題，都跟隨人口規模擴大而愈趨嚴重。過去幾千年，全球人口一直在緩慢地逐步增加，工業革命後，人口增長的速度突然加快。在 20 世紀，全球人口從 16.5 億增加至 60 億，其中八成增幅在下半葉發生。隨着農業水平提高和技術援助計劃的實施，許多南方國家的家庭得以生育更多孩子，結果導致了人口爆炸。現時全球人口已經超過 70 億，估計到 2050 年會上升至 96 億，這推算已考慮生育率的下降：從 2005 至 2010 年，平均每名婦女生育 2.53 人，到 2045 至 2050 年的 2.24 人。

其實自 1970 年代以來，世界大部分地區的人口增長速度已開始逐漸下降，這代表全球人口在適當的時候有達到最大限度的可能性。各種各樣的措施、考慮和壓力會影響生育決定，比如注重健康和教育是減少人口增長的最有效手段；結婚與生育年齡推遲，以及避孕方法的改良，均有效降低生育數字；自然環境變壞、種族衝突升級、新疾病爆發、人口老化與經濟危機，使父母對社會前途失去信心，不願生育。

全球的生育數字中位數，從 1970 至 1979 年每位婦女生育 5.2 個孩子，下降至 2000 至 2011 年的 2.4 個孩子，186 個國家中有 180 個國家的生育率在下降。人口膨

數字在說話

在經濟合作與發展組織（Organizatian for Economic Co-operation and Development, OECD）的成員國中，幾乎所有達到退休年齡的人口，都能受惠於養老金。但在多數發展中國家，情況卻非如此。

在拉丁美洲，65 歲或以上的人當中，僅 55% 能以某種方式得到養老金，這比例在南亞地區僅為 20%，在撒哈拉以南非洲僅為 10%。

▸ 雙重問題：人口繼續增加和人口結構老化。（照片來源：Mattes from Germany）

脹潮過後，出生率無以為繼，會改變人口結構，導致人口老化：全球 60 歲以上人口佔總人口比例，從 1990 年的 9.2%，上升至 2013 年的 11.7%，預期這比例到 2050 年會增至 21.1%，即 10 個人當中有 2 個人已達耳順之年。

人口老化會對社會發展造成一定的壓力。例如在已發展國家及部分發展中國家，工作人口與退休人口之間的比例一直下降，加上獨居長者（獨居或只與配偶居住）增多，將提升維持退休及長者福利制度的難度；一些困擾老年人的病症，包括腦退化症、尿失禁、抑鬱症和不良於行，將增加社會對醫療開支、療養床位及看護人員的需求。

上個世紀的人口激增也許只是一種暫時的現象，在適當之時，全球人口或會恢復到地球承載力所允許的範圍之內。但在這之前，全球社會須面對人口持續增加和人口老化的雙重挑戰。

策劃編輯　張艷玲
責任編輯　洪振邦　張艷玲
美術設計　陳嬋君

The Little Earth Book
by James Bruges
Illustrated by Mark Brierley and David Atkinson

書　名　**藏在地球裏的秘密**
著　者　詹姆斯・布魯吉斯（James Bruges）
譯　者　楊曉霞
出　版　三聯書店（香港）有限公司
香港北角英皇道 499 號北角工業大廈 20 樓
Joint Publishing (H.K.) Co., Ltd.
20/F., North Point Industrial Building,
499 King's Road, North Point, Hong Kong
香港發行　香港聯合書刊物流有限公司
香港新界大埔汀麗路 36 號 3 字樓
印　刷　中華商務彩色印刷有限公司
香港新界大埔汀麗路 36 號 14 字樓
版　次　2014 年 7 月香港第一版第一次印刷
規　格　16 開（170 × 240 mm）120 面
國際書號　ISBN 978-962-04-3558-4

Published in Hong Kong

本書香港繁體中文版經由原出版者英國Alastair Sawday Publishing Co. Ltd.
授權本公司出版發行。